# आज की उर्दू शायरी



प्रकाश पंडित

हिन्द पॉकेट बुक्स
पेंगुइन रैंडम हाउस इम्प्रिंट

**हिन्द पॉकेट बुक्स**

यूएसए। कनाडा। यूके। आयरलैंड। ऑस्ट्रेलिया। सिंगापुर
न्यू ज़ीलैंड। भारत। दक्षिण अफ़्रीका। चीन

हिन्द पॉकेट बुक्स, पेंगुइन रैंडम हाउस ग्रुप ऑफ़ कम्पनीज़ का हिस्सा है,
जिसका पता global.penguinrandomhouse.com पर मिलेगा

पेंगुइन रैंडम हाउस इंडिया प्रा. लि.,
चौथी मंजिल, कैपिटल टावर -1, एम जी रोड,
गुड़गांव 122 002, हरियाणा, भारत

पेंगुइन
रैंडम हाउस
इंडिया

प्रथम हिन्दी संस्करण हिन्द पॉकेट बुक्स द्वारा 1976 में प्रकाशित
यह हिन्दी संस्करण हिन्द पॉकेट बुक्स में पेंगुइन रैंडम हाउस द्वारा 2022 में प्रकाशित



10 9 8 7 6 5 4 3 2

इस पुस्तक में व्यक्त विचार लेखक के अपने हैं, जिनका यथासंभव तथ्यात्मक सत्यापन किया गया है, और इस संबंध में प्रकाशक एवं सहयोगी प्रकाशक किसी भी रूप में उत्तरदायी नहीं हैं।

ISBN 9789353493141

मुद्रकः रेप्रो इंडिया लिमिटेड



www.penguin.co.in

FSC www.fsc.org MIX Paper from responsible sources FSC® C047271

This is a legitimate digitally printed version of the book and therefore might not have certain extra finishing on the cover.

# हिन्द पॉकेट बुक्स

## आज की उर्दू शायरी

प्रकाश पंडित को विश्व के प्रख्यात संपादक में गौरवशाली स्थान प्राप्त है। उन्होंने 1960 के दशक में पहली बार नागरी लिपि में उर्दू की चुनी हुई शायरी के संकलन प्रकाशित कर हिन्दी पाठकों को उर्दू शायरी का लुत्फ़ उठाने का अवसर प्रदान किया। हिन्दी एवं उर्दू के सुप्रसिद्ध संपादक प्रकाश पंडित ने शायरी की हरेक पुस्तक में शायर के संपूर्ण लेखन में से बेहतरीन शायरी का चयन किया है और पाठकों की सुविधा के लिए कठिन शब्दों के अर्थ भी दिए हैं। प्रकाश पंडित ने हर शायर के जीवन और लेखन पर - जिनमें से कुछ समकालीन शायर उनके परिचित भी थे - रोचक और चुटीली भूमिकाएं लिखी हैं।

# भूमिका

हिन्दी काव्य की तरह उर्दू शायरी का नवीन काल भी 1857 की क्रांति के बाद शुरू होता है। इससे पूर्व की सौ वर्षीय उर्दू शायरी (अपवादों को छोड़कर) बादशाहों के क़सीदों (प्रशंसात्मक काव्य), सूफ़ियाना और इश्क़िया ग़ज़लों तक ही सीमित थी। मानसिक विलासप्रियता, नैराश्य, करुणरस, व्यक्तिवाद, आध्यात्मिकता, अवसन्नता इत्यादि प्रवृत्तियों को विभिन्न 'रदीफ़ों' और 'काफ़ियों' में व्यक्त करने और शाब्दिक बाज़ीगरी दिखाने को ही (जिसे 'नाज़ुक-ख़याली' कहा जाता था) काव्य की पराकाष्ठा माना जाता था। प्राचीन उर्दू शायरों को यदि काल्पनिक 'माशूक़' की ज़ुल्फ़ों से इसे जाने और सीने पर नज़रों के तीर खाने से फ़ुर्सत न मिली तो उसमें उनका उतना दोष नहीं जितना उस काल की व्यवस्था का था।

1857 की क्रांति के बाद भारत की राजनीति में असाधारण और मौलिक परिवर्तन हुआ। सामान्य राजनीतिक तथा आर्थिक परिवर्तनों से सामाजिक जीवन तथा मानव-विचारों में भी परिवर्तन होने लगे। इसी सामाजिक परिवर्तन ने कुछ ऐसे व्यक्तियों को जन्म दिया जो चैतन्य रूप से साहित्य तथा काव्य को बदलती हुई परिस्थितियों के साथ-साथ चलाना चाहते थे। जिन महान लेखकों और कवियों ने उस समय परिवर्तनशील परिस्थितियों को स्वीकार किया और आगे बढ़ते हुए जीवन का साथ दिया, उनमें सर सय्यद, हाली, आज़ाद और शिबली के नाम विशेष रूप से उल्लेखनीय हैं।

हाली के बाद उर्दू साहित्य में एक अन्तरिम काल आता है जिसमें पश्चिमी साहित्य से जानकारी बढ़ी। उसके बाद सामूहिक रूप से उर्दू शायरी को धरती से उठाकर आकाश तक पहुंचाने का सेहरा इक़बाल के सिर आता है।

इक़बाल के साथ-साथ या कुछ पहले अकबर इलाहाबादी, चकबस्त, हसरत मोहानी, सरवर जहांबादी, इस्माईल मेरठी इत्यादि अपने समय के उच्च कोटि के कवियों ने साहित्य और समाज तथा साहित्य और राजनीति के सम्बन्ध को काफ़ी सुदृढ़ किया। जोश मलीहाबादी के हाथों निखरती हुई शायरी आधुनिक काल के प्रगतिशील कवियों की सम्पत्ति और काव्य-विषय बनी। हाली और इक़बाल के बिना आधुनिक उर्दू शायरी को आज की मंज़िल पर पहुंचने के लिए शायद बहुत प्रतीक्षा करनी पड़ती।

1857 के बाद आधुनिक उर्दू शायरी देश तथा मानव-प्रेम और साम्राज्य-विरोध की मंज़िलें तय करती हुई जब प्रथम महायुद्ध के बाद नये क्रांतिकारी मोड़ पर पहुंची तो एक बार पुनः उसमें गतिरोध उत्पन्न हो गया। ऐसे नाज़ुक, महत्त्वपूर्ण तथा ऐतिहासिक मोड़ पर कथा-साहित्य में प्रेमचन्द और काव्य-साहित्य में 'जोश' मलीहाबादी उर्दू साहित्य के नेतृत्व के लिए आगे बढ़े। प्रेमचन्द ने साहित्य में यथार्थवाद की नींव डाली और जोश ने रोमांसवाद को आगे बढ़ाया और अपनी 'एजीटेशनल' नज़्मों द्वारा अंग्रेज़ी शासन और उसके अन्याय तथा अत्याचारों पर आक्रमण किए।

काव्य-साहित्य को उस समय तक आज़ाद, हाली, शिबली, इक़बाल और जोश जो चिंतनशीलता प्रदान कर चुके थे, नई पौध के कवियों ने उसे और विशाल किया और आज जब हम 1935 के बाद के उर्दू काव्य-साहित्य का निरीक्षण करते हैं तो इसकी असाधारण उन्नति पर आश्चर्य प्रकट किए बिना नहीं रह सकते।

आज के उर्दू शायर संख्या में कुछ कम नहीं हैं, परन्तु कई-एक विवशताओं के कारण वे सभी इस संकलन की शोभा नहीं बन सके। जिन्हें इस संग्रह में नहीं लिया जा सका, उनसे मैं हार्दिक क्षमा चाहता हूं।

*—प्रकाश पण्डित*

# क्रम

# ‘जोश’ मलीहाबादी

काम है मेरा तग़य्युर, नाम है मेरा शबाब
मेरा नारा है इंक़िलाबो-इंक़िलाबो-इंक़िलाब

# परिचय

शबीर हसन खां 'जोश' 1894 में मलीहाबाद (उत्तरप्रदेश) में पैदा हुए। जाति के पठान और रहन-सहन से लखनवी। परदादा फ़क़ीर मोहम्मद 'गोया' अमीर-उद्दौला की सेना में रिसालदार भी थे और साहित्य-क्षेत्र के महारथी भी। यों 'जोश' ने उस जागीरी वातावरण में पहली सांस ली जिसमें काव्य की रुचि के साथ-साथ घमण्ड, आत्मश्लाघा और अहम्मन्यता की भावना शिखर पर थी। गांव का कोई प्राणी यदि खींचे हुए धनुष की भांति शरीर को दोहरा करके सलाम न करता था तो मारे कोड़ों के उसकी खाल उधेड़ दी जाती थी। (स्वयं 'जोश' साहब भी एक शरीर पर अपनी छड़ी आज़मा चुके हैं।) प्रत्यक्ष है कि जन्म लेते ही 'जोश' इस वातावरण से दामन न छुड़ा सकते थे। उनमें भी वही आदतें उत्पन्न हो गईं जो उनके पूर्वजों का स्वभाव बन चुकी थीं। अतः अपनी मानसिक स्थिति के सम्बन्ध में एक स्थान पर वे स्वयं लिखते हैं: "मैं लड़कपन में अत्यन्त क्रूर था। मेरे हर बोल से जैसे चिंगारियां निकलती थीं।... मेरे स्वभाव की यही मौलिक कटुता मेरी राजनीतिक शायरी में तीखा-कड़वा स्वर बनकर आज भी व्यक्त होती है और मेरी शायरी का समालोचक मेरे स्वर की कर्कशता पर चीख़ उठता है।"

स्वर की इस कर्कशता ने 'जोश' के सामाजिक सम्बन्धों पर कुठाराघात किया। उन्होंने अपने पिता, कुल-धर्म, राज्य, समाज अर्थात् हर उस चीज़ से विद्रोह किया जो उन्हें अपने स्वभाव के प्रतिकूल प्रतीत हुई और विद्रोह के इस सिलसिले ने इतना उग्र रूप धारण कर लिया कि कई स्थानों पर उन्होंने केवल विद्रोह के लिए विद्रोह किया और स्वयं को सर्वोपरि समझकर :

"दूसरे आलम[1] में हूं दुनिया से मेरी जंग है।"

---

1. संसार

कहा और

"काम है मेरा बग़ावत, नाम है मेरा शबाब[1]।
मेरा नारा इंक़िलाबो-इंक़िलाबो-इंक़िलाब[2]॥"

का नारा लगाया।

उन्होंने बग़ावत और इंक़िलाब का एक ही अस्तित्व माना और उसी रूप में उन्हें हमारे सामने पेश किया और देश की जनता ने, जो अंग्रेज़ी राज में बुरी तरह पिस रही थी और देश की स्वाधीनता के लिए संघर्ष कर रही थी, उनके इस नारे को उठा लिया।

'जोश' मलीहाबादी बड़े निडर, साहसी तथा भावुक हैं। अभी वे आपकी भाषा तथा शैली की त्रुटियां गिनवा रहे हैं और अभी आपके किसी लेख या शेर की प्रशंसा कर रहे हैं। अभी नई पीढ़ी के लेखकों को कोस रहे हैं और अभी साहित्य की बागडोर उनके हाथों में थमाकर निश्चिन्त हो जाते हैं। प्रधानमंत्री से लेकर सिटी-मजिस्ट्रेट तक और नवाब रामपुर से लेकर उनकी मोटर के ड्राइवर तक प्रत्येक व्यक्ति को उनके प्रति गहरी श्रद्धा है। किसी ऐसे मुशायरे में, जिसमें मुल्लाओं की संख्या अधिक हो, वे जान-बूझकर ऐसी रुबाइयां सुनाएंगे जिनमें मुल्लाओं और खुदापरस्तों को गालियां दी गई हों। सरकारी ढंग की महफ़िल होगी तो उन्हें अपनी नज़्म 'मातमे-आज़ादी' याद आ जाएगी और महिलाओं की संख्या अधिक देखेंगे तो मज़े ले लेकर 'हाय जवानी, हाय ज़माने' अलापना शुरू कर देंगे। मुल्ला लोग नाक-भौं सिकोड़ते हैं, सरकारी दफ़्तरों में टीका-टिप्पणी होती है, और महिलाएं 'वाक-आउट' तक कर जाती हैं, लेकिन जोश की 'कलंदरी' में फ़र्क़ नहीं आता। शायद वे जानते हैं (और बिलकुल ठीक जानते हैं) कि अब वे ख्याति के उस शिखर पर पहुंच चुके हैं जहां किसीकी अनुचित बांतों पर भी क्रोध के बजाय प्यार ही आ सकता है। (आप पिछले दिनों स्थायी रूप से पाकिस्तान जा बसे हैं।)

---

1. यौवन 2. बाद को 'जोश' साहब ने स्वयं ही 'बगावत' शब्द के स्थान पर शब्द 'तग़य्युर' (परिवर्तन) कर दिया।

## ग़द्दार से ख़िताब

उंगलियां उट्ठेंगी दुनियां में तेरी औलाद पर।
ग़लग़ाला होगा वो आते हैं रज़ालत[1] के पिसर[2]॥
तेरी मस्तूरात[3] का बाज़ार में होगा क़याम।
मारिज़े-दुशनाम[4] में तेरा लिया जाएगा नाम।
उस तरफ़ मुंह करके थूकेगा न कोई नौजवां।
बर की हसरत में रहेंगी तेरे घर की लड़कियां॥
क्या जवानों के ग़ज़ब का ज़िक्र ओ इब्ने-ख़िताब[5]।
सुन के तेरा नाम उड़ जाएगा बूढ़ों का ख़िज़ाब॥
फ़ाश[6] समझी जाएगी महलों में तेरी दास्तां।
कांप उठेंगी ज़िक्र से तेरी कंवारी लड़कियां॥
आएगा तारीख का जिस वक़्त जुंबिश में क़लम।
क़ब्र तेरी दे उठेगी लौ जहन्नुम की क़सम॥

## पस्त क़ौम

गर्दन का तौक़[7] पांव की ज़ंजीर काट दे।
इतनी गुलाम क़ौम हिम्मत कहां है 'जोश'?
अपनी तबाहियों पे कभी ग़ौर कर सके।
इतने ज़लील मुल्क को फुर्सत कहां है 'जोश'?
इक हर्फ़े-ग़म[8] सुनते ही लौ दे उठे दिमाग़।
हिन्दोस्तान में वो हरारत[9] कहां है 'जोश'?

1. नीचता 2. वंशज 3. औरतों 4. गाली देने के सम्बन्ध में 5. उपाधियों के लिए लालायित 6. अश्लील 7. फंदा 8. गर्म शब्द 9. गर्मी

## ये कौन उठा है शर्माता ?

ये कौन उठा है शर्माता रैन का जागा, नींद का माता
नींद का माता धूम मचाता अंगड़ाइयां लेता, बल खाता
ये कौन उठा है शर्माता ?

रुख़[1] पे सुर्ख़ी, आंख में जादू भीनी-भीनी बर[2] में ख़ुशबू
बांकी चितवन, सिमटे अबरू[3] नीची नज़रें, बिखरे गेसू[4]
ये कौन उठा है शर्माता?

नींद की लहरें गंगा जमुनी जिल्द के नीचे हल्की-हल्की
आंचल ढलका, मसकी साड़ी, हल्की महंदी, धुंधली बेंदी
ये कौन उठा है शर्माता?

डूबा हुआ रुख़ ताबानी में[5] अनवारे-सहर[6] पेशानी में
या आबे-गुहर[7] तुग़यानी[8] में या चांद का मुखड़ा पानी में
ये कौन उठा है शर्माता?

रुख़सार[9] पे मौजे-रंगीनी[10] कच्ची चांदी, सुच्ची चीनी
आंखों में नुकूशे-खुदबीनी[11] मुखड़े पे सहर[12] की शीरीनी[13]
ये कौन उठा है शर्माता?

आंख में ग़लतां[14] इशरतंगाहें[15] नींद की सांसें जैसे आहें
बिख़री जुल्फ़ें उरियां[16] बाहें जान से मारें जिसको चाहें
ये कौन उठा है शर्माता?

---

1. चेहरे 2. बग़ल 3. भौंहें 4. केश 5. मुखड़ा प्रकाश में डूबा हुआ है। 6. सुबह का प्रकाश 7. मोती का पानी 8. ज्वार 9. कपोल 10. रंगीन धारा 11. आत्माभिमान के चिह्न 12. प्रभात 13. मधुरता 14. डूबे हुए 15. विलासगृह 16. नग्न

फैला-फैला आंख में काजल उलझा-उलझा जुल्फ़ का बादल
नाज़ूक गरदन, फूल-सी हेकल[1] सुर्ख़ पपोटे नींद से बोझल
ये कौन उठा है शर्माता?

कुछ जाग रही, कुछ सोती है हर मौजे-सबा[2] मुंह धोती है
नासुफ़्ता रुख़[3] या मोती है अंगड़ाई से जिज़-बिज़[4] होती है
ये कौन उठा है शर्माता?

चेहरा फीका नींद के मारे फीकेपन में शहद के धारे
जो भी देखे जान को वारे धरती माता बोझ सहारे
ये कौन उठा है शर्माता?

हलचल में दिल की बस्ती है तूफ़ाने-जुनूं[5] में हस्ती है
आंख में शब की मस्ती है और मस्ती दिल को डसती है
ये कौन उठा है शर्माता?

## सांस लो या ख़ुश रहो

क़सम उस मौत की, उठती जवानी में जो आती है,
उरूसे-नौ[6] को बेवा, मां को दीवाना बनाती है।
जहां से झुटपुटे के वक़्त एक ताबूत[7] निकला हो,
क़सम उस शब की जो पहले-पहल उस घर में आती है।
अज़ीज़ों की निगाहें ढूंढती हैं मरने वाले को,
क़सम उस सुबह की जो ग़म का यह मंज़र[8] दिखाती है।

---

1. गले का तावीज़ 2. प्रभात-समीर का झोंका 3. अनबिंधा (सुकुमार) चेहरा 4. तंग, परेशान 5. उन्माद के तूफ़ान 6. नई दुलहिन 7. अर्थी 8. दृश्य

क़सम साइल[1] के उस अहसास की जब देखकर उसको,
सियाही दफ़अ़तन[2] कंजूस के माथे पे आती है।
क़सम उन आंसुओं की मां की आंखों से जो बहते हैं,
जिगर थामे हुए जब लाश पर बेटे की आती है।
क़सम उस बेबसी की, अपने शौहर के जनाज़े पर,
कलेजा थामकर जब ताज़ा दुल्हन सर झुकाती है।
नज़र पड़ते ही एक ज़ी-मर्तबा[3] मेहमां के चेहरे पर,
क़सम उस शर्म की मुफ़लिस[4] की आंखों में जो आती है।
कि ये दुनिया सरासर ख़्वाब और ख़्वाबे-परीशां[5] है,
'ख़ुशी' आती नहीं सीने में जब तक 'सांस' आती है।

## फुटकर शेर

जिसको तुम भूल गए याद करे कौन उसको?
जिसको तुम याद हो वो और किसे याद करे?

◊

सहर तक चांद मेरे सामने रखता है अ़क्स[6] उनका,
सितारे शब को मेरे साथ उनका नाम लेते हैं।
ये सुनकर हमने मैख़ाने में अपना नाम लिखवाया,
जो मैकश लड़खड़ाता है वो बाज़ू थाम लेते हैं।

◊

बर्ताव दोस्ती के हद से निकल गए हैं।
या तुम बदल गए हो या हम बदल गए हैं॥

---

1. भिखारी 2. एकाएक. 3. प्रतिष्ठित व्यक्ति 4. निर्धन 5. आकुल-आतुर स्वप्न 6. प्रतिरूप

मेरी हालत तेरी फ़ुर्क़त में संभल जाएगी।
क्या ये दुनियां है कि दो दिन में बदल जाएगी॥

◊

जो मौक़ा मिल गया तो खिज्र[1] से ये बात पूछेंगे।
जिसे हो जुस्तजू[2] अपनी, वो बेचारे कहां जाएं॥

◊

वो खुद अता[3] करे तो जहन्नुम भी बहिश्त।
मांगी हुई निजात[4] मेरे काम की नहीं॥

◊

या रब ये भेद क्या है कि राहत[5] की फ़िक्र ने।
इन्सां को और ग़म में गिरफ़्तार कर दिया॥

◊

हश्र[6] में भी ख़ुस्रवाना[7] शान से जाएंगे हम।
और अगर पुरसिश[8] न होगी तो पलट आएंगे हम॥

1. एक पैगम्बर का नाम (पथ-प्रदर्शक) 2. तलाश 3. प्रदान 4. मुक्ति 5. सुख 6. अन्तिम न्याय-दिवस 7. बादशाही 6. आवभगत

# 'जिगर' मुरादाबादी

'जिगर' मैंने छुपाया लाख अपना दर्दो-ग़म लेकिन
बयां कर दी मेरी सरत ने सब कैफ़ियतें दिल की

# परिचय

"कोई अच्छा इन्सान ही अच्छा शायर हो सकता है," 'जिगर' मुरादाबादी का यह कथन किसी दूसरे शायर पर लागू हो या न हो, स्वयं उनपर बिलकुल ठीक बैठता है। कुछ व्यक्तियों का मत यह है कि जब वे 'अच्छे इन्सान' नहीं थे, तब बहुत अच्छे शायर थे।

'जब वे अच्छे इन्सान नहीं थे' से उन समालोचकों का अभिप्राय उस काल से है, जिस काल में वे बेतहाशा शराब पीते थे। इस बुरी तरह और इस मात्रा में कि यदि दस व्यक्ति मिलकर आयु-भर पीते रहें, तब भी उतनी न पी पाएंगे, जितनी 'जिगर' कुछ-एक वर्षों में पी चुके हैं। और उन समालोचकों का अभिप्राय उस 'जिगर' से भी है जो सारे संसार और उनकी नैतिकता को शराब के प्याले में डुबो देते थे और जिन्होंने अपना दाम्पत्य जीवन नरक के समान बना लिया था और आठों पहर मस्त-अलस्त रहकर

"मुझे उठाने को आया है वाइज़े-वानां[1]
जो उठा सके तो मेरा साग़रे-शराब[2] उठा
किधर से बर्क़[3] चमकती है देखें ऐ वाइज़!
मैं अपना जाम उठाता हूं तू किताब[4] उठा।"

ऐसे उच्च कोटि के शेर कहते थे और उनके तरन्नुम (गान) की हालत यह थी कि बड़े-बड़े उस्तादों का पित्ता उनके सामने पानी हो जाता था।

अली सिकन्दर 'जिगर' मुरादाबादी 1860 में मौलवी अली 'नज़र' के यहां, जो एक अच्छे शायर और ख़्वाजा वज़ीर अली देहलवी के शिष्य थे, पैदा हुए। 'यों 'जिगर' को शायरी उत्तराधिकार के रूप में मिली और

---

1. नादान धर्मोपदेशक 2. शराब का प्याला 3. बिजली [एक परम्परा के अनुसार 'तूर' पहाड़ पर बिजली चमकी थी और मूसा (पैग़म्बर) ने खुदा से बातें की थीं।] 4. धर्म-ग्रन्थ

तेरह-चौदह वर्ष की आयु में ही उन्होंने शेर कहने शुरू कर दिए।

शिक्षा बहुत साधारण, अंग्रेजी बस नाम-मात्र जानते थे, और शक्ल-सूरत के लिहाज से तो अच्छे-खासे बदसूरत इन्सानों में से थे। लेकिन ये सब कमियां शेर कहने की क्षमता के तले दबकर रह गईं; और जहां तक शक्ल-सूरत का सम्बन्ध है, उर्दू के हास्य-लेखक शौकत थानवी ने शायद बिलकुल ठीक लिखा है, 'शेर पढ़ते समय उनकी शक्ल बिलकुल बदल जाती है। उनके चेहरे पर एक लालित्य आ जाता है। एक सुन्दर मुस्कान, एक मनोहरकोमलता तथा सरलता के प्रभाव से 'जिगर' साहब का व्यक्तित्व किरणें-सी बिखेरने लगता है।—निस्संदेह ये किरणें हर उस व्यक्ति ने देखी होंगी जिसने किसी मुशायरे में 'जिगर' साहब को शेर पढ़ते सुना है।'

'जिगर' साहब बड़े हंसमुख और विशाल हृदय के व्यक्ति थे। धर्म पर उनका गहरा विश्वास था और धर्म और प्रेम को वे मनुष्य के मोक्ष का साधन मानते थे, लेकिन धर्मनिष्ठा ने उनमें उद्दण्डता तथा घमंड नहीं, विनय तथा नम्रता उत्पन्न की। वे हर उस सिद्धांत का सम्मान करने को तैयार रहते थे जिसमें सच्चाई और शुद्धता हो। यही कारण है कि साहित्य के प्रगतिशील आन्दोलन का भरसक विरोध करने पर भी उन्होंने 'मजाज़', 'जज़्बी', मसऊद अख़्तर जमाल', 'मजरूह सुलतानपुरी इत्यादि बहुत-से प्रगतिशील कवियों को प्रोत्साहन दिया और प्रगतिशील लेखक-संघ के निमन्त्रण पर अपनी जेब से किराया खर्च करके वे उनके सम्मेलनों में योग देते रहे। (यों 'जिगर' साहब किसी मुशायरे में आने के लिए हज़ार, बारह सौ रुपये से कम मुआवज़ा नहीं लेते थे।)

'जिगर' साहब उन सौभाग्यशाली कवियों में से थे जिनकी कलाकृतियां उनके अपने जीवनकाल में ही 'क्लासिकल' साहित्य का अंग बन जाती हैं।

[दो वर्ष पूर्व आपका देहांत हो गया।]

## शिकस्ते-तौबा[1]

साक़ी की हर निगाह पे बल खा के पी गया।
लहरों से खेलता हुआ, लहरा के पी गया॥
बेकैफ़ियों के कैफ़ से घबरा के[2] पी गया।
तौबा को तोड़ ताड़ के, थर्रा के पी गया।
ज़ाहिद[3]! ये मेरी शोखी - ए - रिंदाना[4] देखना।
रहमत[5] को बातों बातों में बहला के पी गया॥
सरमस्ती - ए - अजल[6] मुझे जब याद आ गई।
दुनिया - ए - एतबार[7] को ठुकरा के पी गया॥
आज़ुर्दगी - ए - ख़ातिरे - साक़ी[8] को देखकर।
मुझको ये शर्म आई, कि शर्मा के पी गया॥
ऐ रहमते - तमाम[9]! मेरी हर ख़ता मुशाफ़।
मैं इन्तहाए - शौक़[10] में घबरा के पी गया॥
पीता बग़ैर इज़्न[11] ये कब थी मेरी मजाल।
दरपर्दा चश्मे - यार [12] की शह पा के पी गया॥
उस जाने - मैकदा[13] की क़सम, बारहा 'जिगर'।
कुल आलमे - बसीत[14] पे मैं छा के पी गया॥

1. तौबा को तोड़ना 2. आनन्दरहित परिस्थितियों के आनन्द से घबराकर 3. उपदेशक 4. मद्यपों की चंचलता 5. ख़ुदा 6. अनादिकालिक उन्माद 7. मान्यताओं के संसार 8. साक़ी की खिन्नता 9. सबसे बड़ा कृपालु (ख़ुद) 10. इश्क़ (उन्माद) की अधिकता 11. आज्ञा 12. यार (महबूब, ख़ुदा) की आंख का संकेत 13. मधुशाला की जान (साक़ी, ख़ुदा) 14. विशाल विश्व

## राजले

दिल में किसी के राह किए जा रहा हूं मैं।
कितना हसीं[1] गुनाह किए जा रहा हूं मैं॥
फ़र्दे - अ़मल[2] सियाह किए जा रहा हूं मैं।
रहमत को बेपनाह किए जा रहा हूं मैं[3]॥
ऐसी भी एक निगाह किए जा रहा हूं मैं।
ज़र्रों को मेहरो - माह किए जा रहा हूं मैं॥
उठती नहीं है आंख मगर उसके रूबरू।
नादीदा[5] इक निगाह किए जा रहा हूं मैं॥
यूं ज़िन्दगी गुज़ार रहा हूं तेरे बगैर।
जैसे कोई गुनाह किए जा रहा हूं मैं॥
गुलशन - परस्त[6] हूं मुझे गुल[7] ही नहीं अज़ीज़।
कांटों से भी निबाह किए जा रहा हूं मैं॥
मुझसे लगे हैं इश्क़ को अ़ज़मत[8] के चार चांद
ख़ुद हुस्न को गवाह किए जा रहा हूं मैं॥

◊

हमें मालूम है हमसे सुनो, महशर में क्या होगा।
सब उसको देखते होंगे वो हमको देखता होगा।
जहन्नुम हो कि जन्नत जो भी होगा फ़ैसला होगा।
ये क्या कम है हमारा और उनका सामना होगा॥

1. सुन्दर 2. भगवान के यहां वह पुस्तक जिसमें प्राणियों के कार्यों का उल्लेख होता है 3. कृपानिधान की कृपाशक्ति को महान कर रहा हूं 4. सूरज-चांद 5. न देख पानेवाली 6. दाग़ (संसार) का चाहनेवाला 7. फूल 8. महानता 9. प्रलय-क्षेत्र।

ये माना भेज देगा हमको महशर से जहन्नुम में।
मगर जो दिल पे गुज़रेगी वो दिल ही जानता होगा॥
समझता क्या है तू दीवानगाने - इश्क़[1] को ज़ाहिद।
ये हो जाएंगे जिस जानिब उसी जानिब ख़ुदा होगा॥

◊

मेरा जो हाल हो सो हो बर्क़े - नज़र[2] गिराए जा।
मैं यूं ही नालाकश[3] रहूं तू यूं ही मुस्कराए जा ॥
लहज़ा-ब-लहज़ा,दम-ब-दम, जलवा-ब-जलवा[4] आए जा।
तश्ना - ए - हुस्ने - ज़ात[5] हूं, तश्नालबी[6] बढ़ाए जा॥
जितनी भी आज पी सकूं, उज्र[7] न कर, पिलाए जा।
मस्त नज़र का वास्ता, मस्ते-नज़र बनाए जा॥
लुत्फ़[8] से हो कि क़हर[9] से, होगा कभी तो रू-ब-रू।
उसका जहां पता चले, शोर वहीं मचाए जा ॥
इश्क़ को मुतमइन[10] न रख, हुस्न के एतमाद[11]
पर। वो मुझे आज़मा चुका, तू उसे आज़माए जा॥

## फुटकर शेर

उसे सय्याद[12] ने कुछ, गुल ने कुछ, बुलबुल ने कुछ समझा।
चमन में कितनी मानीख़ेज[13] थी इक ख़ामशी[14] मेरी॥

◊

1. इश्क के दीवाने 2. नज़रों की बिजली 3. आर्तनाद करता रहूं 4. क्षण-प्रतिक्षण नवीनतम छवि के साथ 5. सौन्दर्य का प्यासा 6. पिपासा 7. बहाना, इन्कार 8. कृपा 9. प्रकोप 10. सन्तुष्ट 11. विश्वास 12. शिकारी 13. अर्थपूर्ण 14. ख़ामोशी

यूं तड़पकर दिल ने तड़पाया सरे - महफ़िल मुझ।
उसको क़ातिल कहने वाले कह उठे क़ातिल मुझे॥

◊

हद्दे कूचा - ए- महबूब’ है वहीं से शुरू।
जहां से पड़ने लगे पांव, डगमगाए हुए॥

◊

ले के ख़त उनका, किया ज़ब्त बहुत कुछ लेकिन।
थरथराते हुए हाथों ने भरम खोल दिया॥

◊

तेरी आंखों का कुछ क़सूर नहीं।
हां मुझीको ख़राब होना था॥

◊

हुस्न की हर-हर अदा पर जानो-दिल सदक़े’ मगर।
लुत्फ़ कुछ दामन बचाकर ही गुज़र जाने में है॥

◊

वरना क्या था सिर्फ़ तरकीबे - अनासिर के सिवा।
ख़ास कुछ बेताबियों का नाम इन्सां हो गया॥

◊

जीने तक हैं होश के जलवे आगे होश की मस्ती है।
मौत से डरना क्या मानी, मौत भी जुज़्वे-हस्ती है॥

---

1. महफ़िल में 2. प्रेमिका की गली की सीमाएं 3. न्योछावर 4. तत्त्वों के क्रम 5. जीवन का अंग

क्या लुत्फ़ कि मैं अपना पता आप बताऊं।
कीजे कोई भूली हुई ख़ास अपनी अदा याद॥

◊

इधर से भी है सिवा कुछ उधर की मजबूरी।
कि हमने आह तो की उनसे आह भी न हुई॥

◊

कभीशाख़ो-सब्ज़ा-ओ-बर्ग[1] पर,कभी गुंचा-ओ-गुलो-ख़ार[2]पर।
मैं चमन में चाहे जहां रहूं मेरा हक़ है फ़सले-बहार पर॥

◊

हर इक सूरत, हर इक तस्वीर मुबहम[3] होती जाती है।
इलाही! क्या मेरी दीवानगी कम होती जाती है॥

◊

किसी सूरत नमूदे-सोज़े-पिनहानी[4] नहीं जाती।
बुझा जाता है दिल, चेहरे की ताबानी[5] नहीं जाती॥
मुहब्बत में इक ऐसा वक़्त भी दिल पर गुज़रता है।
कि आंसू ख़ुश्क हो जाते हैं, तुग़ियानी नहीं जाती।
जिसे रौनक़ तेरे क़दमों ने देकर छीन ली रौनक़।
वो लाख आबाद हो उस घर की वीरानी नहीं जाती।
वो यूं दिल से गुज़रते हैं कि आहट तक नहीं होती।
वो यूं आवाज़ देते हैं कि पहचानी नहीं जाती।

---

1. शाखाओं, हरियाली, पत्तों 2. कलियों, फूलों, कांटों 3. अस्पष्ट 4. आन्तरिक व्यथा का अस्तित्व 5. चमक 6. तूफान

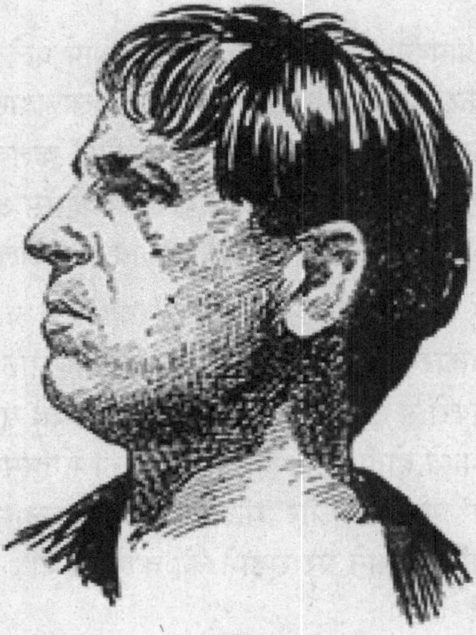

# 'फ़िराक़ गोरखपुरी'

यूं ही 'फ़िराक़' ने उम्र बसर की
कुछ ग़मे-जानां कुछ ग़मे-दौरां

# परिचय

रघुपतिसहाय' 'फ़िराक़ गोरखपुर के रहने वाले हैं। वहीं 1896 में आपका जन्म हुआ और वहीं अपने प्रारम्भिक शिक्षा प्राप्त की। पिता मुंशी गोरखप्रसाद 'इबरत' उस समय के प्रसिद्ध वकील तथा शायर थे। इस प्रकार शायरी 'फ़िराक़' गोरखपुरी को घुट्टी में मिली। लेकिन काव्य-अभिरुचि उन दिनों फली-फूली जब उच्च शिक्षा के लिए आप इलाहाबाद आए और यहां आपको प्रोफेसर 'नासरी' जैसे साहित्यिक का सहयोग प्राप्त हुआ।

शुरू ही से आपकी बुद्धि ऐसी तीव्र थी कि आप प्रत्येक कक्षा में उत्तम सफलता प्राप्त करते रहे। म्योर सेंट्रल कालेज, इलाहाबाद से इस शान से बी०ए० पास किया कि सरकार ने उन्हें तुरन्त डिप्टी कलक्टर के लिए चुन लिया, परन्तु डिप्टी कलक्टर बनने से पूर्व ही आप कांग्रेस आन्दोलन में भाग लेने लगे और यों दूसरों को जेल भेजने की बजाय स्वयं जेल चले गए।

जेल में गए तो वहां भी शेरो-शायरी का क्रम जारी रहा; बल्कि जेलख़ाना एक प्रकार से उनके लिए शेरो-शायरी की पाठशाला बन गया। यहां न केवल शायरों से उनकी भेंट हुई, बल्कि बड़े-बड़े साहित्य-प्रेमियों से भी बराबर मुलाकातें होती रहीं। स्वर्गीय मौलाना मोहम्मद अली, स्वर्गीय मौलाना 'हसरत' मोहानी और मौलाना अब्बुलकलाम 'आज़ाद' की प्रतिदिन की संगति ने सोने पर सुहागे का काम किया। अतः अपने एक शेर में वे कहते हैं :

अहले-ज़िदां की[1] ये मजलिस है सबूत इसका 'फ़िराक़'[2]।
कि बिखर कर भी ये शीराज़ा[3] परीशां न हुआ॥

1. जेल-निवासियों की 2. सिलाई जो पुस्तक के पुट्ठों में की जाती है। 3. बिखरा नहीं

1927 में जेल से छूटे तो क्रिश्चियन कालेज, लखनऊ में नौकर हो गए और फिर सनातनधर्म कालेज, कानपुर ने उर्दू पढ़ाने के लिए बुला लिया। इस बीच में आपने एम० ए० पास कर लिया और इलाहाबाद विश्वविद्यालय में अंग्रेजी के लेक्चरर नियुक्त हो गए और अभी कुछ वर्ष पूर्व वहां से कार्यमुक्त हुए हैं।

'फ़िराक़' साहब ने अनगिनत कविताएं, ग़ज़लें, रुबाइयां, क़तए इत्यादि लिखे हैं। समालोचक भी वे उच्च कोटि के हैं, लेकिन स्मरण वे सदा अपनी ग़ज़लों बल्कि ग़ज़लों के उन शेरों के कारण किए जाएंगे जिनकी संख्या सैकड़ों तक पहुंचती है और जो निसन्देह क्लासिक का दर्जा रखते हैं; और उन्हीं शेरों के कारण, जिनमें तसव्वुफ़ (मुस्लिम संतवाद) और ग़ज़ल की परम्परागत कथावस्तु से लेकर राजनीति और वर्ग-संघर्ष तक सभी कुछ है। कुछ लोग उन्हें आधुनिक उर्दू साहित्य का सबसे बड़ा ग़ज़लगो (गज़लें लिखने वाला शायर) मानते हैं और इसमें कोई संदेह भी नहीं है कि उनके यहां शब्दों की जो सुन्दर पैठ, हिन्दी तथा उर्दू के शब्दों तथा रूपकों का सुन्दर समन्वय (जिससे उनकी भाषा सरस तथा सहज हो गई है), प्रेम की मनोवैज्ञानिक सूक्ष्मताएं और सौंदर्य की अलौकिक उद्भावना जिस सजीलेपन से विद्यमान है, वह अन्य उर्दू शायरों के यहां कुछ कम ही नज़र आती है।

'रूहे-कायनात', 'शोला-ए-साज़', 'मशअ़ल', 'रूप', 'शबनमस्तान', 'रमज़ोकायनात' इत्यादि कविता-संग्रहों के रचयिता 'फ़िराक़' गोरखपुरी आधुनिक काल के उन बड़े उर्दू शायरों में से हैं जिनकी संख्या अधिक नहीं, जिन्हें प्रगतिशील कवि कहलाने का गौरव प्राप्त है, और जिनका नाम मीर, ग़ालिब, इक़बाल, जोश और जिगर के साथ लिया जाता है।

## ग़ज़लें

डरता हूं कामयाबी-ए-तक़दीर[1] देखकर।
यानी सितमज़रीफ़ी-ए-तक़दीर[2] देखकर॥
क़ालिब[3] में रूह फ़ेंक दी या ज़हर भर दिया।
मैं मर गया हयात[4] की तासीर[5] देखकर॥
हैरां हुए न थे जो तसव्वुर[6] में भी कभी।
तस्वीर हो गए तेरी तस्वीर देखकर॥
ख़्वाबे-अदम[7] से जागते ही जी पे बन गई।
ज़हराबा-ए-हयात[8] की तासीर देखकर॥
ये भी हुआ है अपने तसव्वुर में होके महव[9]।
मैं रह गया हूं आपकी तस्वीर देखकर॥
सब मरहले हयात के तै करके अब 'फ़िराक़'।
बैठा हुआ हूं मौत में ताख़ीर[10] देखकर॥

◊

उमीदे-मर्ग[11] कब तक, ज़िन्दगी का दर्दे-सर कब तक?
ये माना सब्र करते हैं मुहब्बत में, मगर कब तक?
दियारे-दोस्त[12] हद होती है यूं भी दिल बहलने की!
न याद आएं ग़रीबों[13] को तेरे दीवारो-दर कब तक?
ये तदबीरें भी तक़दीरे-मुहब्बत बन नहीं सकतीं।
किसीको हिज्र में भूले रहेंगे हम मगर कब तक?

1. भाग्य की सफलता 2. भाग्य का मज़ाक 3.शरीर 4. जीवन 5. गुण, प्रभाव 6. कल्पना 7. नास्तित्व 8. जीवन का विष 9. निमग्न 10. विलम्ब 11. मृत्यु की आशा 12. मित्र का देश 13. प्रवासी

इनायत की, करम की, लुत्फ़ की आख़िर कोई हद है!
कोई करता रहेगा चारा-ए-ज़ख़्मे-जिगर[1] कब तक?
किसीका हुस्न रुसवा हो गया पर्दे ही पर्दे में।
न लाये रंग आखिरकार तासीरे-नज़र कब तक?

◊

ये माना ज़िन्दगी है चार दिन की।
बहुत होते हैं यारो चार दिन भी॥
ख़ुदा को पा गया वाइज़[2], मगर है।
ज़रूरत आदमी को आदमी की॥
बसा-औक़ात[3] दिल से कह गई है।
बहुत कुछ वो निगाहे-मुख़्तसर[4] भी॥
मिला हूं मुस्करा कर उससे हर बार।
मगर आंखों में भी थी कुछ नमी सी॥
मुहब्बत में कहें क्या हाल दिल का।
ख़ुशी ही काम आती है न ग़म ही॥
भरी महफ़िल में हर इक से बचाकर।
तेरी आंखों ने मुझसे बात कर ली॥
लड़कपन की अदा है जान-लेवा।
ग़ज़ब[5] ये छोकरी है हाथ-भर की॥
है कितनी शोख़ तन्ज़ अय्यामे-गुल पर[6]।
चमन में मुस्कराहट हर कली की॥

1. हृदय के आघात का इलाज 2. धर्मोपदेशक 3. प्रायः 4. अल्पकालीन दृष्टि 5. लड़कपन की अदा को हाथ-भर की छोकरी से उपमा दी है। 6. वसन्त ऋतु पर कितना चपल व्यंग्य है!

रक़ीबे-ग़मज़दा[1] अब सब्र कर ले।
कभी इससे मेरी भी दोस्ती थी॥

◊

शामे-ग़म कुछ उस निगाहे-नाज़ की बातें करो।
बेख़ुदी बढ़ती चली है राज़ की बातें करो॥
न कहते - ज़ुल्फ़े - परीशां, दास्ताने - शामे - ग़म[2]।
सुबह होने तक इसी अन्दाज़ की बातें करो॥
ये सकूते-यास[3], ये दिल की रगों का टूटना।
ख़ामशी में कुछ शिकस्ते-साज़[4] की बातें करो॥
हर रगे-दिल-वज्द में आती रहे, दुखती रहे।
यूं ही उस जा-ओ-बेजा[6] नाज़ की बातें करो॥
कुछ क़फ़स[7] की तीलियों से छन रहा है नूर[8] सा।
कुछ फ़ज़ा[9] हसरते-परवाज़[10] की बातें करो॥
जिसकी फ़ुरक़त[11] ने पलट दी इश्क़ की काया 'फ़िराक़'।
आज उस ईसा-नफ़स दमसाज़[12] की बातें करो॥

## रुबाइयां

घर छोड़े हुओं की कोई मंज़िल न सही।
होती नहीं सहल कोई मुश्किल न सही॥
हस्ती[13] की ये रात काट देने के लिए।
वीराना सही, किसी की महफ़िल न सही॥

---

1. दुखित प्रतिद्वन्द्वी 2. उलझे हुए सुगंधित केशों और शोकभरी संध्या (रात) का वृत्तान्त 3. नैराश्य की चुप्पी 4. साज़ के टूटने 5. दिल की हर नस उन्माद में 6. उचित-अनुचित 7. पिंजरे 8. प्रकाश 9. आकाश 10. उड़ने की अभिलाषा 11. विछोह 12. पवित्रहृदय मित्र 13. जीवन

खोते हैं अगर जान तो खो लेने दे।
जो ऐसे में हो जाए वो हो लेने दे॥
एक उम्र पड़ी है सब्र भी कर लेंगे।
इस वक़्त तो जी खोल के रो लेने दे॥

◊

क़तरे अ़रक़े-जिस्म[1] के मोती की लड़ी।
है पैकरे-नाज़नीं[2] कि फूलों की छड़ी॥
गर्दिश में निगाह है कि बटती है हयात[3]।
जन्नत भी है आज उम्मीदवारों में खड़ी॥

◊

संजोग बियोग की कहानी न उठा।
पानी में भीगते कंवल को देखा॥
बीती होंगी सुहाग रातें कितनी।
लेकिन है आज तक कंवारा नाता॥

## फुटकर शेर

ग़रज़ कि काट दिए ज़िन्दगी के दिन ऐ दोस्त।
वो तेरी याद में हों या तुझे भुलाने में॥

◊

मंज़िले गर्द[4] के मानिंद उड़ी जाती हैं।
वही अंदाज़े -जहाने - गुज़रां[5] कि जो था॥

---

1. शरीर के पसीने 2. प्रेयसी का बदन 3. जीवन 4. धूल 5. कालचक्र की रीति

हज़ार बार ज़माना इधर से गुज़रा है।
नई-नई सी है कुछ तेरी रहगुज़र फिर भी॥

◊

ये ज़िन्दगी के कड़े कोस, याद आता है,
तेरी निगाहे-करम[1] का घना-घना साया।

◊

मुनासबत[2] भी है कुछ ग़म से मुझको और ऐ दोस्त।
बहुत दिनों से तुझे मेहरबां नहीं पाया॥

◊

कुछ आदमी को हैं मज़बूरियां भी दुनियां में।
अरे वो दर्दे-मुहब्बत सही, तो क्या मर जाएं॥

◊

मुझे खबर नहीं है ऐ हमदमो, सुना ये है,
कि देर-देर तक अब मैं उदास रहता हूं।

◊

एक तेरे छुटने का ग़म, एक ग़म उनसे मिलने का।
जिनकी इनायतों से जी और उदास हो गया॥

◊

हमसे क्या हो सका मुहब्बत में?
तुमने तो खैर बेवफ़ाई की॥

◊

कौन ये ले रहा है अंगड़ाई।
आसमानों को नींद आती है॥

1. कृपा-दृष्टि 2. सम्बन्ध, लगाव 3. कृपायों

# 'हफ़ीज़' जालंधरी

तशकीलो-तकमीले-फ़न में जो भी 'हफ़ीज़' का हिस्सा है
निस्फ़ सदी का क़िस्सा है दो-चार बरस की बात नहीं,

# परिचय

मोहम्मद हफ़ीज़ 'हफ़ीज़' जालंधरी की शायरी का अध्ययन करने से जो बात सबसे पहले हमें अपनी ओर खींचती है, वह विषय और रूप का परस्पर सम्बन्ध है। उसके यहां एक शब्द पर दूसरा शब्द, एक पंक्ति पर दुसरी पंक्ति और एक शेर पर दूसरा शेर इस प्रकार ठीक बैठा हुआ और उसे आगे बढ़ाता हुग्रा मिलता है, मानो किसी चित्र पर पड़ा हुआ पर्दा सरक रहा हो, और फिर जब पूरा चित्र हमारे सामने आता है तो जाना-पहचाना होने पर भी हमें उसमें कुछ ऐसा नया अर्थ, नया प्रसंग और सौन्दर्य नज़र आने लगता है कि हम उसपर से नज़रें हटाना पसन्द नहीं करते। अतएव, जब हमें उसकी कविता 'बसन्त' या 'अभी तो मैं जवान हूं' पढ़ते हैं (या उसके मुंह से सुनते हैं) तो हमपर एक विचित्र प्रकार की मस्ती और उन्माद-सा छा जाता है।

आज तक कोई ऐसा मुशायरा (कवि-सम्मेलन) दूसरे शायरों के लिए 'शुभ' सिद्ध नहीं हुआ जिसमें 'हफ़ीज़' मौजूद हो। अपनी एक-दो तानों से ही वह पूरे मुशायरे पर छा जाता है और लोग बार-बार उसीके शेर सुनने की फर्माइश करने लगते हैं।

'शाहनामा इस्लाम' के अतिरिक्त उसकी कविताओं के कई और संग्रह भी प्रकाशित हो चुके हैं, जिनमें 'नग़मा-ए-ज़ार', 'साज़ोसाज़' और 'तलख़ाबा-ए-शीरीं' उल्लेखनीय हैं।

उर्दू शायरी के इस निराले पथिक का जन्म 14 जनवरी 1900 को जालन्धर (पंजाब) में हुआ। इस प्रसंग से यह शताब्दी और वह साथ-साथ चल रहे हैं।

वह अभी बहुत छोटा था जब उसे मोहल्ले की मस्जिद में बिठा दिया गया, जहां छः वर्ष की आयु में ही उसने कुरान शरीफ़ पढ़ लिया, बहुत-से सूरे (कुरान शरीफ़ के खंड) कंठस्थ कर लिए और करामा और मामकीमा [शेखसादी (ईरानी कवि) की बच्चों की नज़्में] रट लीं। लेकिन इससे आगे

वह मस्जिद में न चल सका, जिसका कारण उसके कथनानुसार नैतिक भी था और भौतिक भी। फिर उसे मिशन स्कूल में भरती कराया गया, लेकिन वहां से वह दूसरी कक्षा से ही भाग निकला। सरकारी पाठशाला में प्रविष्ट हुआ; चौथी कक्षा में था कि वहां से भाग लिया। आर्य पाठशाला में और फिर मिशन हाई स्कूल में ले जाया गया, लेकिन 'गणित' से उसकी जान जाती थी और 'गणित' के घंटे में वह प्रतिदिन भाग निकलता था, अतः दूसरे दिन उसकी खूब पिटाई होती थी। भागने और पिटने के इस संघर्ष में आखिर भागने की विजय हुई और वह कक्षा से ऐसा भागा कि फिर कभी पाठशाला का मुह न देखा।

यह बात सचमुच आश्चर्यजनक है कि इतनी कम शिक्षा और घर के अत्यन्त असाहित्यिक वातावरण के होते हुए भी उसने सात वर्ष की छोटी-सी आयु में तुकबन्दी शुरू कर दी और फिर ग्यारह वर्ष की आयु में बाक़ायदा शेर कहने लगा।

आज़ 'हफ़ीज़' जालंधरी जिसे 'अब्बुलअसर' (प्रभावशालियों का पिता) कहा जाता है, जिसकी कविता-सम्बन्धी सेवाओं के आधार पर (कदाचित् युद्ध के पक्ष में, 'मैं तो छोरा को भरती कराए आई रे'—ऐसी प्रचारात्मक कविताएं लिखने के कारण) अंग्रेज़ी सरकार ने उसे 'खानबहादुर' का खिताब दिया था और जिसे पाकिस्तान सरकार अपना सबसे बड़ा राष्ट्रीय कवि मानती है और हर वर्ष एक बड़ी रक़म वृत्तिस्वरूप प्रदान करती है; किसी जमाने में यह अत्यन्त निर्धन और निराश्रय रह चुका है। जीविका के लिए उसे अनेक छोटे-छोटे धन्धे करने पड़े हैं। जीवन के साथ इन तरह-तरह की समझौताबाज़ियों की तरह काव्य-रूप से तो नहीं लेकिन काव्य-विषय के साथ उसने काफ़ी समझौताबाज़ियां की हैं। इसके अतिरिक्त (विशेषकर आजकल) वह 'धर्म' की छत्रछाया में इस हद तक सिमटा हुआ है कि उस की कलात्मक योग्यताओं को देखते हुए यह कहने की इच्छा होती है—काश! वह सुधारक बनने की कोशिश न करता!

# अभी तो मैं जवान हूं

## (1)

अभी तो मैं जवान हूं!

हवा भी ख़ुशगवार है गुलों पे भी निखार है,
तरन्नुम[1] हज़ार है बहार पुरबहार है,
कहां चला है साक़िया ?
इधर तो लौट इधर तो आ,
अरे ये देखता है क्या ?
उठा सबू[2], सबू उठा
सबू उठा, प्याला भर प्याला भर के दे इधर,
चमन की सिम्त[3] कर नज़र समां[4] तो देख बेख़बर,
वो काली-काली बदलियां,
उफ़क़[5] पे हो गई अयां[6],
वो इक हुजूमे - मैकशां[7]
है सू - ए - मैकदा रवां[8]
ये क्या गुमां है बदगुमां समझ न मुझको नातवां[9]
ख़याले-ज़ुहद[10] अभी कहाँ ?
अभी तो मैं जवान हूं !

1. संगीत 2. सुराही 3. ओर 4. समय 5. क्षितिज 6. प्रकट 7. मद्यपों का समूह 8. मधुशाला की ओर जा रहा है। 9. दुर्बल 10. उपासना का विचार

## (2)

न ग़म कशूदो - बस्त[1] का बुलंद का न पस्त का,
न बूद[2] का न हस्त[3] का न वादा-ए - असस्त[4] का

उमीद और यास गुम,
हवास गुम क़यास गुम,
नज़र से आस - पास गुम,
हमा[5], बजुज़[6] गिलास गुम,

न मैं में कुछ कमी रहे क़दह[7] से हमदमी
रहे, नशिस्त[8] ये ज़मीं रहे यही हमाहमी रहे,

वो राग छेड़ मुतरिबा[9],
तरबफ़ज़ा[10], अलमरुबा[11]
असर सदा - ए - साज़ का[12],
जिगर में आग दे लगा,

हर एक लब[13] पे हो सदा न हाथ रोक साक़िया,

पिलाए जा पिलाए जा,
अभी तो मैं जवान हूं!

---

1. खोलने-बांधने का 2. अतीत 3. वर्तमान 4. आदिकाल का प्रण (कुरान में एक स्थान पर आता है कि जब ख़ुदा इन्सान को बना चुका तो उसने उससे पूछा कि क्या मैं तेरा ख़ुदा हूं। इन्सान ने उत्तर दिया कि हां, तू मेरा ख़ुदा है। उसीकी ओर संकेत है।) 5. सभी कुछ 6. सिवाय 7. प्याला 8. महफ़िल 9. गायिका 10. आनन्दवर्धक 11. शौक़ को उड़ा देनेवाला 12. साज़ की आवाज़ का असर 13. होंठ

## गीत

जाग सोज़ - इश्क़[1] जाग!
जाग सोज़े - इश्क़ जाग!!

ज़ाग काम देवता फ़ितना - हाए नौ[2] जगा।
बुझ गया है दिल मेरा फिर कोई लगन लगा॥

सर्द हो गई है आग!
जाग सोज़े - इश्क़ जाग॥

पड़ गई दिलों में फूट क्या बिजोग पड़ गया।
पृथ्वी पे चार खूट एक सोग पड़ गया॥

सर नगूं[3] है शेषनाग!
जाग सोज़े - इश्क़ जाग॥

तूने आंख बन्द की कायनात[4] सो गई।
हुस्ने - ख़ुदपसंद[5] की दिन से रात हो गई॥

ज़र्द पड़ गया सुहाग!
जोग सोज़े - इश्क़ जाग॥

अब न वो सफ़र न सैर रहबरी न रहज़नी।
कुछ नहीं तेरे बग़ैर दोस्ती न दुश्मनी॥

अब लगाव है न लाग!
जाग सोज़े - इश्क़ जाग॥

ऐ मुग़न्नी - ए - शबाब[6] जाग ख़्वाबे-नाज़ से।
दिल - शिकस्ता है रबाब अ़र्सा - ए - दराज़[7] से॥

1. प्रेम-ज्वाला 2, नये फ़ितने 3. सिर झुकाए हुए 4. ब्रह्मांड 5. आत्मप्रशंसक सौन्दर्य 6. यौवन के गायक 7. बहुत समय

मर गए क़दीम[1] राग!
जाग सोज़े - इश्क़ जोग॥
तू जो चश्म वा करे[2] हर उमंग जाग उठे।
आहो - नाला जाग उठे राग रंग जाग उठे॥
जोग से मिले बिहाग।
जाग सोज़े - इश्क़ जाग॥
फिर उसी उठान से तीर उठे कमां उठे।
सब्र की ज़ुबान से शोर अलअमां[3] उठे॥
जाग उठे दिलों के भाग!
जाग सोज़े - इश्क़ जाग॥
जाग ऐ नज़र फ़िरोज़[4] जाग ऐ नज़र नवाज़[5]।
जाग ऐ ज़माना सोज़[6] जाग ऐ ज़माना साज़॥
जाग नींद को तियाग[7]!
जाग सोज़े - इश्क़ जाग॥

## फुटकर शेर

दीवानगी - ए - इश्क़[8] के बाद, आ ही गया होश।
और होश भी वो होश कि दीवाना बना दे॥
हम ख़ूने - जिगर पी के चले जाएंगे साक़ी।
ले शीशा - ए - दिल[9] तोड़ दे पैमाना बना दे॥

◊

1. प्राचीन 2. आंख खोले 3. हे भगवान! 4, 5. नज़र को रौनक़ प्रदान करनेवाला 6. ज़माने को जला देनेवाला 7. त्याग 8. इश्क़ का दीवानापन 9. दिल-रूपी शीशा

इश्क़ न हो तो दिल्लगी, मौत न हो ख़ुदकुशी।
ये न करे तो आदमी आख़िरे-कार क्या करे?

◊

हाय किस दर्द से की ज़ब्त की तलक़ीन[1] मुझे।
हंस पड़े दोस्त जो मैंने कभी रोना चाहा॥
आने वाले किसी तूफ़ान का रोना रोकर।
नाख़ुदा[2] ने मुझे साहिल पे डुबोना चाहा॥

◊

फ़रिश्ते को न मैं शैतान समझा।
नतीजा ये कि बहकाया गया हूं॥
मुझे तो इस ख़बर ने खो दिया है।
सुना है मैं कहीं पाया गया हूं॥

◊

हो गया जब इश्क़ हम-आग़ोशे-तूफ़ाने-शबाब[3]।
अक़्ल बैठी रह गई साहिल पे शरमाई हुई॥

◊

मेरी ज़िन्दगी पर तअज्जुब नहीं था।
मेरी मौत पर उनकी हैरानियां हैं॥
नदामत हुई हश्र में जिनके बदले।
जवानी की दो-चार नादानियां हैं॥
मेरा तजरुबा है कि इस ज़िन्दगी में।
परेशानियां ही परेशानियां हैं॥

---

1. हिदायत 2. मांझी 3. यौवन के तूफ़ान से बग़लगीर

# अबदुलहमीद 'अदम'

मैं मैकदे की राह से होकर गुज़र गया
वरना सफ़र हयात को काफ़ी तवील था

# परिचय

मेरी तलाश से मायूस लौटने वाले।
तेरी हदूद[1] में आकर तुझे पुकारूंगा ॥

'अ़दम' का यह शेर उन समालोचकों के लिए एक चैलेंज है जो शायर की सीमाओं को जाने बिना कुछ बंधे-टिके नियमों की टोपी उसके सिर पर रखकर देखते हैं कि ठीक बैठती है या नहीं। उदाहरणतः स्वयं 'अदम' के सम्बन्ध में यदि समालोचक को यह मालूम न हो कि वह बुरी तरह शराब पीता है और आठों पहर इस कोशिश में रहता है कि उसका नशा उतरने न पाए तो प्रत्यक्ष है कि वह उसके।

कौन कौसर[2] तक मुसाफ़त[3] तै करे।
मैकदा[4] फ़िरदौस[5] से नज़दीक है ॥

जैसे शेरों को उस नख-शिख के साथ नहीं देख सकता, जिन्हें शायर ने संवारने और जिलाने ही का नहीं अपनी आत्मा की आवाज़ बनाने का प्रयत्न किया है। इस 'मैकदे' के प्रेम ने 'अदम' को कहीं का नहीं रखा। उसकी पत्नी, जिसे दूसरे महायुद्ध के दिनों में वह तेहरान से ब्याहकर लाया था, उसके इसी 'मैकदे' के प्रेम के हाथों तंग आकर उसे छोड़ गई। आपने विशेष रूप से उसीसे मिलाने और उसके शेर सुनवाने के लिए अपने यहां कुछ मित्रों को निमंत्रित किया है। उसने आपसे वायदा किया है कि ठीक सात बजे आपके यहां पहुंच जाएगा, लेकिन सात के साढ़े सात, फिर आठ और फिर नौ बज गए लेकिन आपके माननीय अतिथि का कोई पता नहीं। आप परेशान हैं, आपके मित्र परेशान हैं, महफ़िल बर्ख़ास्त हुआ चाहती है कि एक दोहरे बदन का व्यक्ति लड़खड़ाता-संभलता कमरे में प्रवेश करता

---

1. सीमाओं 2. जन्नत में बहनेवाली शराब की एक नहर 3. सफ़र 4. शराबखाना 5. जन्नत

है और महफ़िल के वातावरण में चारों और 'प्रश्नचिह्न' लटकता देखकर बड़ी उदासीनता से केवल इतना कहता है :

"आख़िर पीनी तो शराब ही थी। यहां क्या और वहां क्या! मेरे कुछ दोस्त मिल गए थे और रास्ते में शराबखाना था......"

यह 'मैकदा' या शराबख़ाना, जो हर स्थान पर उसके रास्ते की बाधा बन जाता है, उसका पूरा जीवन और पूरी शायरी है। यहीं से वह शुरू होती है और यहीं खत्म हो जाती है और यही कारण है कि उसकी शायरी में विविध विषयों का लगभग अभाव है और उसकी कुछेक ग़ज़लें तो एक-दूसरी की प्रतिध्वनि-सी मालूम होती हैं। वहीं शराबौरसाक़ी की स्तुति, संसार की प्रत्येक वस्तु के प्रति उदासीनता और शराब के प्याले को संसार की प्रत्येक वस्तु पर प्रधानता देने के सुन्दर बहाने।

आधुनिक काल के इस मस्त-अलस्त शायर का जन्म जून 1909 में तलवंडी मूसाखां (सरहद प्रान्त, पाकिस्तान) में हुआ। बचपन, शिक्षा आदि के जानने की बहुत कोशिश करने पर भी मुझे केवल इतना मालूम हो सका है कि उसकी शिक्षा बी० ए० तक की है। अपनी नौकरी के बारे में ('अ़दम' पाकिस्तान सरकार के आडिट एण्ड अकाउंट्स विभाग में गज़ेटेड आफ़िसर है) बहुत होशियार और ज़िम्मेदार है। हां, यह अलग बात है कि किसी दिन यदि उसका दफ्तर जाने को जी न चाहे तो दफ्तर के अन्य कर्मचारी श्रद्धावश या न जाने किस कारण से उसका सारा काम स्वयं ही कर देते हैं। कराची में नियुक्त होने से पहले वह काफ़ी समय तक रावलपिण्डी और लाहौर में भी रह चुका है और स्वर्गीय 'अख़्तर' शीरानी से (शायद मदिरापान की सांझ के कारण) उसकी गाढ़ी छनती थी।

## ग़ज़ले

मैकदा[1] था चांदनी थी मैं न था।
इक मुजस्सिम[2] बेख़ुदी[3] थी मैं न था॥
इश्क़ जब दम तोड़ता था तुम न थे।
मौत जब सर धुन रही थी मैं न था॥
तूर[4] पर छेड़ा था जिसने आपको।
वो मेरी दीवानगी थी मैं न था॥
वो हसीं बैठा था जब मेरे क़रीब।
लज़्ज़ते - हमसायगी[5] थी मैं न था॥
मैकदे के मोड़ पर रुकती हुई।
मुद्दतों की तिश्नगी[6] थी मैं न था॥
मैं और उस ग़ुंवादहन[7] की आरज़ू।
आरज़ू की सादगी थी मैं न था॥
गेसुओं[8] के साये में आराम - कश[9]।
सर-बरहना[10] ज़िन्दगी थी मैं न था॥
दैरो-काबा[11] में 'अ़दम' हैरत-फ़रोश[12]।
दो जहां की बदज़नी थी मैं न था।

◊

---

1. मधुशाला 2. मूर्तिमान 3. आत्मविस्मृति 4. एक पहाड़ का नाम जिसपर हज़रत मूसा ने ख़ुदा से बातें की थीं। 5. सामीप्य का आनन्द 6. प्यास 7. अधखिले फूल जैसा सुन्दर मुंह रखनेवाली 8. केशों 9. विश्रामकर्ता 10. नंगे सिर 11. मन्दिर और काबा 12. आश्चर्य फैलानेवाला 13. दुर्भावना (ऊब)

सर रह गया है दोश पर ओ दिल नहीं रहा।
क्या इस जहान में कोई क़ातिल नहीं रहा?
ऐ चश्मे-यार[1] अब न तग़ाफ़ुल[2] न इल्तफ़ात[3]।
क्या मैं किसी सलूक के क़ाबिल नहीं रहा?
ऐ नाखुदा[4]! सफ़ीने[5] का अब कोई ग़म न कर।
हम फ़र्ज़ कर चुके हैं कि साहिल नहीं रहा॥
पर्दा उठा कि अब मेरी मस्ती है मैं नहीं।
जिससे तुझे हया[6] थी वो हायल[7] नहीं रहा॥
कुछ तो तेरे ख़ुलूस की ताज़ीम[8] थी 'अदम'।
वरना वो जान-बूझकर ग़ाफ़िल नहीं रहा॥

◊

जो लोग जान-बूझकर नादान बन गए।
मेरा ख़याल है कि वो इन्सान बन गए॥
हम हश्र[9] में गए थे मगर कुछ न पूछिए।
वो जान-बूझकर वहां अनजान बन गए॥
हंसते हैं हमको देखकर अरबाबे-आगही[10]।
हम आपके मिज़ाज[11] की पहचान बन गए॥
मंझधारतक पहुंचना तो हिम्मत की बात थी।
साहिल के आस-पास ही तूफ़ान बन गए॥
इन्सानियत की बात तो इतनी है शेख़ूजी!
बदक़िस्मती से आप भी इन्सान बन गए॥

---

1. मित्र की दृष्टि 2. बेपरवाही 3. कृपादृष्टि (प्रेम) 4. मांझी 5. नाव 6. लाज 7. बाधक 8. आदर, सम्मान 9. वह स्थान जहां प्रलय के बाद मनुष्य भगवान को अपने कर्मों का उत्तर देगा। 10. होशवाले (बुद्धिमान) 11. स्वभाव

कांटे थे चंद दामने-फ़ितरत[1] में ऐ 'अ़दम'।
कुछ फूल और कुछ मेरे अरमान बन गए॥

◊

मैख़ाना-ए-हस्ती में अक्सर हम अपना ठिकाना भूल गए।
या होश से जाना भूल गए या होश में आना भूल गए॥
असबाब[2] तो बन ही जाते हैं तक़दीर की ज़िद को क्या कहिए?
इक जाम तो पहुंचा था हम तक, हम जाम उठाना भूल गए॥
आए थे बिखेरे ज़ुल्फों को इक रोज़ हमारे मरक़द[3] पर।
दो अश्क़[4] तो टपके आंखों से, दो फूल चढ़ाना भूल गए॥
चाहा था कि उनकी आंखों से कुछ रंगे-बहारां[5] ले लीजे।
तक़रीब तो अच्छी थी लेकिन, वो आंख मिलाना भूल गए॥
मालूम नहीं आईने में चुपके से हंसा था कौन 'अ़दम'?
हम जाम उठाना भूल गए वो साज़ बजाना भूल गए॥

## फुटकर शेर

महशर[6] में इत्तफाक़ से आया न जहन में।
वरना तमाम उम्र तेरा नाम याद था॥

◊

शायद मुझे निकाल के पछता रहे हो आप।
महफ़िल में इस ख़याल से फिर आ गया हूं मैं॥

---

1. प्रकृति की झोली 2. कारण 3. कब्र 4. आंसू 5. वहारों का रंग 6. शुभअवसर 7. प्रलय-क्षेत्र

जब तक तेरी निगाह ने तौफ़ीक़[1] दो मुझे।
मैं तेरी ज़ुल्फ बनके संवरता चला गया॥

◊

दिल अभी पूरी तरह टूटा नहीं।
दोस्तों की मेहरबानी चाहिए॥

◊

आए थे मुझसे मिलने मगर मैं न जब मिला।
वो मेरी बेख़ुदी से मुलाकात कर गए॥
मैं उम्र-भर 'अंदम' न कोई दे सका जवाब।
वो इक नज़र में इतने सवालात कर गए॥

◊

दिल ख़ुश हुआ है मस्जिदे-वीरान देखकर।
मेरी तरह ख़ुदा का भी ख़ाना ख़राब है॥

◊

महशर का ख़ैर कुछ भी नतीजा हो ऐ 'अ़दम'!
कुछ गुफ़्तगू तो हम भी करेंगे ख़ुदा के साथ॥

◊

तख़लीक़े-कायनात[2] के दिलचस्प जुर्म पर।
हंसता तो होगा आप भी यज़दां[3] कभी-कभी॥

◊

पहुंच सका न मैं बरवक़्त अपनी मंज़िल पर।
कि रास्ते में मुझे रहबरों ने घेर लिया॥

◊

1. सामर्थ्य 2. विश्व-निर्माण 3. भगवान

सिर्फ़ इक क़दम उठा था ग़लत राहे-शौक़[1] में।
मंज़िल तमाम उम्र मुझे ढूंढ़ती रही॥

◊

मैं[2] सी हसीन चीज़ हो और वाक़ई हराम।
मैं कसरते - शकूक[3] से घबरा के पो गया॥

◊

ज़ुल्मतों[4] से न डर कि रस्ते में।
रोशनी है शराबख़ाने की॥

◊

खाली है अभी जाम मैं कुछ सोच रहा हूं।
ऐ गर्दिशे - अय्याम[5] मैं कुछ सोच रहा हूं॥
साक़ी तुझे एक थोड़ी-सी तकलीफ तो होगी।
सागर को ज़रा थाम मैं कुछ सोच रहा हूं॥
पहले बड़ी रग़बत[6] थी तेरे नाम से मुझको।
अब सुनके तेरा नाम मैं कुछ सोच रहा हूं॥
हल कुछ तो निकल आएगा हालात की ज़िद का।
ऐ कसरते - आलाम[7] मैं कुछ सोच रहा हूं॥

---

1. प्रेम-मार्ग 2. शराब 3. सन्देहों के आधिक्य 4; अन्धेरों 5. कालचक्र 6. लगाव 7. दुःखों की भरमार

# 'साग़र' निज़ामी

आसान नहीं इस दुनिया में ख़्वाबों के सहारे जी सकना
संगीन हक़ीक़त है दुनिया ये कोई सुनहरी ख़्वाब नहीं

# परिचय

'साग़र' की शायरी और उसके व्यक्तित्व के सम्बन्ध में यदि केवल एक वाक्य ही पर्याप्त समझना हो तो यह कहकर चुप हुआ जा सकता है कि 'साग़र' हर मुशायरा लूट लेता है। लेकिन यहां चूंकि उसके सम्बन्ध में एक से अधिक वाक्यों की आवश्यकता है, इसलिए अपने अनुभव के आधार पर यह कहूंगा कि मुशायरे के अतिरिक्त वह अपने प्रत्येक मित्र और परिचित का दिल भी लूट लेता है। सुकण्ठ और सुभाषी तो वह है ही, आयु के लिहाज़ से आधी सदी पार कर चुकने के बावजूद अभी तक वह सजीला भी है।

'साग़र' से यों तो मैं एक समय से परिचित था और एक राष्ट्रवादी शायर के नाते कौन उससे परिचित नहीं है! सरोजिनी नायडू और 'जोश' मलीहाबादी की तरह स्वतन्त्रता-आन्दोलन के दिनों में उसके नरमे भी घर-घर गूंज चुके हैं और बहुत कम मुशायरे ऐसे होंगे जिनमें उसका योग अनिवार्य न समझा गया हो, लेकिन व्यक्तिगत रूप से पहली बार उससे मेरा परिचय 1949 में 'जोश' साहब के यहां हया था जब कश्मीर के एक मुशायरे में भाग लेने वह बम्बई से आया था और उसकी आर्थिक स्थिति बहुत शोचनीय थी। उन परिस्थितियों में भी, जबकि उसके कथनानुसार कई बार उसकी जेब में टाम का टिकट खरीदने के लिए एक इकन्नी न होती थी कि वह काम ढूढ़ने के लिए घर से निकल सके, मैंने उसके होंठों पर वही मधुर मुस्कराहट देखी जो आजकल देखता हूं—आजकल, जबकि वह आल इंडिया रेडियो, दिल्ली में छ: सौ से ऊपर वेतन पा रहा है।

"आदमी को हर हाल में हालात का मुकाबला करना चाहिए।" अपनी उन दिनों की दुरवस्था का ज़िक्र करने के बाद उसने कहा, "हालात के आगे हथियार डाल देना बुज़दिली है। इन्सान अगर खुद-एतिमादी और ख़ुद्दारी (आत्मविश्वास और आत्मसम्मान) को हाथ से न जाने दे और

बराबर हालात का मुकाबला करता रहे तो एक दिन हालात उसके आगे हथियार डाल देते हैं।"

उर्दू शायरी का यह मुसाफ़िर जो मुशायरों से जीविका जुटाने के सम्बन्ध में नगरी-नगरी घूम चुका है, सन् 1905 में अपने ननिहाल अलीगढ़ में पैदा हुआ। वहीं प्रारम्भिक शिक्षा प्राप्त की और वहीं शायर के रूप में अपने पर-पुर्ज़े निकाले। उस समय उसकी आयु सोलह वर्ष की थी जब अलीगढ़ में एक अखिल भारतीय मुशायरा हुआ और किसी तरह 'साग़र' को भी उसमें पढ़ने का अवसर मिल गया और वहां उसने बड़े सुरीले तरन्नुम के साथ ये शेर पढ़े :

बचपन ही में किया मुझे ग़म ने शिकस्तापा[1]।
तै होंगी कैसे मंज़िलें या रब शबाब[2] की?
गर्दिश रही नसीब में या रब तमाम उम्र।
'साग़र' बना के क्यों मेरी मिट्टी खराब की॥

उस मुशायरे में तो 'साग़र' की मिट्टी खराब होने की बजाय उसे ख़ूब-खूब दाद मिली, अलबत्ता घर पहुंचने पर उसकी मिट्टी ख़ूब ख़राब हुई। पिता डाक्टर थे और उन्हें बेटे की शायरी के कारण बेटे को पीटने का शौक़ था, अतएव 'साग़र' की खूब पिटाई हुई। लेकिन ज्यों-ज्यों 'साग़र' की पिटाई होने लगी, त्यों-त्यों शायरी से 'साग़र' का सम्बन्ध और भी गहरा होता गया और उसके बाद कुछ वर्षों में ही अलीगढ़ से निकलकर उसका नाम पूरे भारत में फैल गया और हर मुशायरे के लिए बुलावे आने लगे।

स्वभाव में उद्दण्डता का तत्त्व तो बचपन ही से था, अतएव होश संभालने पर जब अपने कुल का इतिहास सामने आया तो ख़ून के आंसू रुला गया। अंगरेजी शासन और देश की परतन्त्रता के प्रति घृणा-भाव तीव्रतर हो उठा और न केवल उसकी क़लम ने अंगरेजी शासन के विरुद्ध विष उगलना शुरू किया बल्कि शिक्षा को नमस्कार कर वह स्वतन्त्रता-आन्दोलन में शामिल हो गया।

---

1. पांव तोड़ डाले (थका दिया) 2. जवानी

## नया पुजारी

कोई है बहारे-चमन[1] का पुजारी
कोई है गुलो-यासमन[2] का पुजारी,
बुते-मौलवी[3] को कोई पूजता है
कोई क़शका-ए-बरह्मन[4] का पुजारी,
ग़ुलामे-ग़ुलामाने-ज़मज़म[5] है कोई
कोई मौजे-गंगो-जमन[6] का पुजारी,
मगर मेरा ज़ौक़-परस्तिश[1] जुदा है।
मैं 'सागर' हूं अपने वतन का पुजारी॥
ऋषीकेश में कोई बैठा हुआ है
कोई हर की पौड़ी के गुन गा रहा है,
बनारस की गलियों में फिरता है कोई
मज़ारों पे जाकर कोई नाचता है,
कलीसा[8] में है महवे-तसलीम[9] कोई
कोई देर[10] में मूर्ती पूजता है,
मगर मेरा ज़ौक़-परस्तिश जुदा है।
मैं 'सागर' हूं अपने वतन का पुजारी॥
हर इक क़ैदे-फ़र्ज़ी[11] से आज़ाद हूं मैं
तरक़्क़ी दहे-बज़्मे-ईजाद[12] हूं मैं,

---

1. बाग़ की बहार 2. फूलों 3. मौलवी के बुत 4. ब्राह्मण के तिलक 5. ज़मज़म (काबे का एक कुआं) के गुलामों का गुलाम 6. गंमा-जमना की लहरों 7. उपासना की अभिरुचि 8. गिरजाघर 9. उपासना में निमग्न 10. मन्दिर 11. मनघड़ंत क़ैद 12. संसार की उन्नति करनेवाला

अक़ीदे[1] मेरे सामने कांपते हैं
उसूले-मुहब्बत की बुनियाद हूं मैं,
न ज़ुन्नार[2] का ग़म न तसबीह[3] का ग़म।
दिमाग़ी ग़ुलामी से आज़ाद हूं मैं॥

## बुझा हुआ दीपक

जीवन की कुटिया में हूं मैं बुझा हुआ सा दीपक।
आशा के मन्दिर में हूं मैं बुझा हुआ सा दीपक।
बुझा हुआ सा दीपक हूं मैं, बुझा हुआ सा दीपक॥

कजराए दीवट पे धरा हूं यूं कुटिया में हाए।
जैसे कोयल सीस नवाकर अम्बुप्रा पर सो जाए॥
जैसे श्यामा गाते-गाते कुहरे में खो जाए।
जैसे दीपक आग में अपने-आप भस्म हो जाए॥
बिरह में जैसे आंख किसी क्वांरी की पथरा जाए।
बुझा हुआ सा दीपक हूं मैं, बुझा हुआ सा दीपक॥

आतम, हिरदय, जीवन, मृत्यु, सतयुग, कलियुग, माया।
हर रिश्ते पर मैंने अपने नूर[4] का जाल बिछाया॥
चारों ओर चमककर अपनी किरनों को दौड़ाया।
जितना ढूंढ़ा उतना खोया, खोकर ख़ाक न पाया॥
बीत गए जुग लेकिन 'साग़र' मुझ तक कोई न आया।
बुझा हुआ सा दीपक हूं मैं, बुझा हुआ सा दीपक ॥

---

1. मान्यताएं 2. जनेऊ 3. माला 4. प्रकाश

आख़िर बिल्कुल बुझ जाने की हो ली जब तैंयारी।
आकर मेरे कान में बोली इक शब[1] यूं अंधियारी॥
जग में जिसको कोई न पूछे वो क़िस्मत की मारी।
मन-मंदिर में मुझको बिठा लो ऐ ज्योती के रसिया॥
बुझे हुए से दीपक तुम, मैं थकी हुई अंधियारी।
बुझा हुआ सा दीपक हूं मैं, बुझा हुआ सा दीपक॥

अंधियारी की बातें सुनकर मन बोला—उठ जाग।
यही तेरी मंज़िल है दीपक! यही हैं तेरे भाग॥
भड़क उठी सीने में बिरह की दबी हुई सी आग।
आशा के मन्दिर में गूंजा इक तूफ़ानी राग॥
आंखों में जलते आंसू थे, होंठों पर थीं आहें।
डाल दीं अंधियारी के गले में रोकर मैंने बाहें।
बुझा हुआ सा दीपक हूं मैं, बुझा हुआ सा दीपक ॥

## फुटकर शेर

सब्र नहीं है ज़िन्दगी, जब्र नहीं है आशिक़ी।
दिल पे नहीं है अख़्तियार, उनपे हो अख़्तियार क्यों?
अपना ही बुतकदा[2] सजा, अपने ही बुत पर लोट जा।
तेरे दिमाग़ो-दिल पे हो, दैरो-हरम[3] का बार क्यों?

◊

1. रात 2. मन्दिर 3. मन्दिर-मस्जिद

उसी लम्हे को शायर यास[1] की तकमील[2] कहते हैं।
मुहब्बत जब मिज़ाजे-आशिक़ी पर बार[3] हो जाए॥

◊

मेरी ख़ाक[4] पर साज़े-यकतार[5] लेकर।
उमीद अब भी इक गीत-सा गा रही है॥

◊

समझना तेरा कोई आसां है ज़ालिम!
ये क्या कम है खुदाआश्ना[6] हो गए हम॥
भटक कर पड़े रहज़नों[7] के जो हाथों।
लुटे इस क़दर रहनुमा[8] हो गए हम॥
जुनूने - ख़ुदी[9] का ये ऐनाज़[10] देखो।
कि जब मौज आई ख़ुदा हो गए हम॥
मुहब्बत ने उम्रे-अबद[11] हम को बख़्शी।
मगर सब ये समझे फ़ना हो गए हम॥

◊

रोकती ही रह गईं मासूम दूर-अंदेशियां[12]।
उनके लब[13] पर मेरा ज़िक्रे-नातमाम[14] आ ही गया॥
है जहां इश्क़ो-हविस[15] को एतराफ़े-बेकसी[16]।
तलखी-ए-हस्ती[17] के क़ुर्बां वो मुक़ाम आ ही गया॥

---

1. निराशा 2. पूर्णता 3. भार 4. मिट्टी (क़ब्र) 5. इकतारा 6. आत्मपरिचित 7. लुटेरों 8. पथ-प्रदर्शक 9. अहम्मन्यता 10. चमत्कार 11. अमरत्व 12. दूरदर्शिताएं 13. होंठ 14. समाप्त न होनेवाली चर्चा 15. प्रेम तथा कामवासना 16. विवशता का स्वीकरण 17. जीवन की कटता

जैसे साग़र से छलक जाए मचलती मौजे-मै[1]।
कांपते होंटों से उनके मेरा नाम आ ही गया॥

◊

ये तेरा तसव्वुर[2] है या तेरी तमन्नाएं।
दिन में कोई रह-रह के दीपक से जलाए है॥
जिस सिम्त[3] न दुनिया है, ऐ दोस्त न उक़्बा[4] है।
उस सिम्त मुझे कोई खींचे लिए जाए है॥

◊

तेरे सर की क़सम गर तू न हो मेरे तसव्वुर में।
मेरी नाज़ुक तबीयत पर ये दुनिया बार[5] हो जाए॥

◊

ख़िरद[6] को ये ज़िद थी न लुटती ये दौलत।
इसी ज़िद पे हमने जवानी लुटा दी॥

◊

कैफ़-ख़ुदी[7] ने मौज को कश्ती बना दिया।
फ़िक्रे-ख़ुदा है अब न ग़ुमे-नाख़ुदा[8] मुझे॥

---

1. शराब की लहर 2. कल्पना 3. ओर 4. परलोक 5. भार 6. ज्ञान 7. अहम्मन्यता के उन्माद 8. मल्लाह की चिन्ता

# 'मजाज़' लखनवी

ऐ ग़मे-दिल क्या करूं, ऐ वहशते-दिल क्या करूं?

# परिचय

"एक ऐसा वक़्त भी गुज़रा है जब 'मजाज़' के नाम पर गर्ल्स कालेज, अलीगढ़ में लाट्रियां डाली जाती थीं कि 'मजाज़' किसके हिस्से में पड़ता है, और उसकी नज़्में तकियों के नीचे छुपाकर आंसुओं से सींची जाती थीं और जब कुंवारियां अपने भावी बेटों के नाम उसके नाम पर रखने की क़समें खाती थीं और अपने क़हक़हों, चूड़ियों की खनखनाहट और उड़ते हुए दोपट्टों की लहरों में 'मजाज़' के शेर गुनगुनाती थीं..."

'मजाज़' के सम्बन्ध में इस्मत चुग़ताई (प्रसिद्ध उर्दू लेखिका) के ये शब्द पढ़ने के बाद जब मैं आज 'मजाज़' की ओर देखता हूं, विशेष रूप से इस समय जबकि मैं उसके जीवन और उसकी शायरी के सम्बन्ध में कुछ पंक्तियां लिखने जा रहा हूं और मैंने नये सिरे से उसकी समूची शायरी का अध्ययन किया है और मुझे उससे अपनी तमाम मुलाकातें याद आ रही हैं, तो मुझे बड़े दुःख से कहना पड़ता हैं कि आज नौजवान और सुन्दर से सुन्दर लड़कियों के इतने प्रिय शायर के जीवन की सबसे बड़ी रिक्तता औरत है।

खाइएगा इक निगाहे लुत्फ़ का कब तक फ़रेब ?
कोई अफ़साना बनाकर बदगुमां हो जाइए।[1]

यह शेर 'मजाज़' ही का है। सोचता हूं, किस भावना के वशीभूत 'मजाज़' ने यह शेर कहा होगा!

'मजाज़' ने अपनी कल्पित नायिकाओं की परछाइयां शराब के प्याले में तलाश करनी शुरू कर दीं और अपनी 'सुशीलता' के सहारे शराब को शिकस्त देते स्वय शराब का शिकार हो गया और फिर शराब ने उस से बुरी तरह बदला लिया। उसने गिर-गिरकर संभलने की लाख कोशिश की, लेकिन हुआ यही

1. प्रेमिका की एकमात्र कृपा-दृष्टि (लगाव) का कब तक धोखा खाए? कोई प्रेम-कथा गढ़ कर क्यों न मन बहला लिया जाए?

कि उसके दिल का लोच और उसकी चिन्तनशीलता शराब से हार गई और उसे अपनी पराजय का अनुभव भी हो गया।

'मजाज़' के कविता-संग्रह 'आहंग' की भूमिका में फ़ैज़ अहमद 'फैज़' ने उसे क्रांति के गायक की उपाधि देते हुए बिलकुल ठीक लिखा था कि :

" 'मजाज़' की इंक़िलाबियत आम इंक़िलाबी शायरों से मुख़्तलिफ़ हैं। आम इंक़िलाबी शायर इंक़िलाब के बारे में गरजते हैं, ललकारते हैं, सीना कूटते हैं, इंक़िलाब के मुतअ़ल्लिक़ गा नहीं सकते...वे सिर्फ इंक़िलाब की हौलनाकी (भयानकता) देखते हैं, उसके हुस्न को नहीं पहचानते। यह इंक़िलाब का तरक़्क़ी-पसन्द (प्रगतिशील) नहीं, रजअत-पसन्द (प्रतिक्रियावादी) तसव्वुर (दृष्टिकोण) है।"

अपनी शायरी तथा व्यक्तित्व के सम्बन्ध में विभिन्न मतों का मालिक यह शायर 2 फरवरी, 1909 के दिन लखनऊ में पैदा हुआ। बी० ए० तक की शिक्षा लखनऊ, आगरा और अलीगढ़ में प्राप्त की और आगरा-निवास के दिनों में उसने उर्दू के प्रसिद्ध शायर स्वर्गीय 'फ़ानी' बदायूंनी के नेतृत्व में अपनी उस प्रकाशमान शायरी का प्रारम्भ किया जिसकी चमक आगरा, अलीगढ़, दिल्ली और फिर पूरे भारत में फैल गई।

उर्दू का यह अलबेला शायर 6 दिसम्बर, 1955 को हमेशा-हमेशा के लिए वहां चला गया जहां से कोई कभी लौटकर नहीं आता।

छुप गए यो साज़े-हस्ती छोड़कर।
अब तो बस आवाज़ ही आवाज़ है॥

# आवारा

शहर की रात और मैं नाशादो-नाकारा[1] फिरूं,
जगमगाती-जागती सड़कों पे आवारा फिरूं,
गैर की बस्ती है कब तक दरबदर मारा फिरूं ?

ऐ ग़मे-दिल क्या करूं, ऐ वहशते-दिल क्या करूं ?

झिलमिलाते क़ुमक़ुमों की राह में जंजीर सी,
रात के हाथों में दिन की मोहनी तस्वीर सी,
मेरे सीने पर मगर दहकी हुई शमशीर सी[2]

ऐ ग़मे-दिल क्या करूं, ऐ वहशते-दिल क्या करूं?

ये रुपहली छांव ये आकाश पर तारों का जाल,
जैसे सूफ़ी का तसव्वुर जैसे आशिक़ का ख़याल[3],
आह लेकिन कौन जाने, कौन समझे जी का हाल,

ऐ ग़मे-दिल क्या करूं, ऐ वहशते-दिल क्या करूं ?

रात हंस-हंस के ये कहती है कि मैख़ाने में चल,
फिर किसी शहनाज़े-लालारुख़[4] के काशाने[5] में चल, ये नहीं मुमकिन तो फिर ऐ दोस्त वीराने में चल,

ऐ ग़मे-दिल क्या करूं, ऐ वहशते-दिल क्या करूं ?

---

1. उदास, बेकार 2. कवि रात तथा अपनी मनःस्थिति का सुन्दर वर्णन करते हुए कहता है : (सड़क पर) बिजली के हंडों की ज़ंजीर-सी बनी हुई है, मानो रात के हाथों में दिन की मोहनी सूरत हो, परन्तु मेरी छाती पर दहकती हुई तलवार पड़ रही है। 3. तसव्वुर तथा ख़याल अर्थात् कल्पना तथा विचार। संत तथा प्रेमी के विचार तथा कल्पनाएं सदैव उलझी हुई होती हैं। 4. लाला के फूल जैसे मुखड़ेवाली सुन्दरी 5. सुन्दर-सुसज्जित घर

रास्ते में रुक के दम ले लूं मेरी आदत नहीं,
लौटकर वापस चला जाऊं मेरी फ़ितरत नहीं,
और कोई हम-नवा[1] मिल जाए ये क़िस्मत नहीं,

ऐ ग़मे-दिल क्या करूं, ऐ वहशते-दिल क्या करूं ?

मुन्तज़िर है। एक तूफ़ाने-बला[2] मेरे लिए,
अब भी जाने कितने दरवाज़े हैं वा[3] मेरे लिए;
पर मुसीबत है, मेरा अहदे-वफ़ा[4] मेरे लिए,

ऐ ग़मे-दिल क्या करूं, ऐ वहशते-दिल क्या करूं ?

जी में आता है कि अब अहदे-वफ़ा भी तोड़ दूं,
उनको पा सकता हूं मैं, ये आसरा भी तोड़ दूं,
हां मुनासिब है, ये जंजीरे-हवा[5] भी तोड़ दूं,

ऐ ग़मे-दिल क्या करूं, ऐ वहशते-दिल क्या करूं ?

इक महल की आड़ से निकला वो पीला माहताब[6],
जैसे मुल्ला का अमामा[7], जैसे बनिए की किताब,
जैसे मुफ़लिस की जवानी, जैसे बेवा का शबाब[8],

ऐ ग़मे-दिल क्या करूं, ऐ वहशते-दिल क्या करूं ?

दिल में एक शोला भड़क उट्ठा है, आख़िर क्या करूं?
मेरा पैमाना छलक उट्ठा है, आख़िर क्या करूं?

1. साथी 2. विपत्तियों का तूफ़ान 3. खुले 4. प्रेम निभाने की प्रतिज्ञा 5. हवा की ज़ंजीर (कभी न निभनेवाली बात) 6. चांद 7. पगड़ी 8. विधवा का यौवन। इस पद्य में चांद की तुलना सभी ऐसी चीज़ों से की गई है, जो जर्जर तथा बुझी-बुझी-सी हैं क्योंकि कवि की मनःस्थिति इस समय ऐसी है कि उसे चांद तक अप्रिय लग रहा है।

ज़ख़्म सीने को महक उट्ठा है, आख़िर क्या करूं?
ऐ ग़मे दिल क्या करूं, ऐ वहशते-दिल क्या करूं?
जी में आता है ये मुर्दा चांद तारे नोच लूं,
इस किनारे नीच लूं और उस किनारे नोच लूं,
एक दो का ज़िक्र क्या, सारे के सारे नोच लूं,
ऐ ग़ मे-दिल क्या करूं, ऐ वहशते-दिल क्या करूं?
मुफ़लिसी और ये मज़ाहिर[1] हैं नज़र के सामने,
सैंकड़ों सुलताने-जाबिर[2] हैं नज़र के सामने,
सैंकड़ों चंगेज़ो-नादिर हैं नज़र के सामने,
ऐ ग़मे-दिल क्या करूं, ऐ वहशते-दिल क्या करूं?
ले के इक चंगेज़ के हाथों से खंजर तोड़ दूं,
ताज पर उस के दमकता है जो पत्थर तोड़ दूं,
कोई तोडे या न तोडे मैं ही बढ़कर तोड़ दूं,
ऐ ग़मे-दिल क्या करूं, ऐ वहशते-दिल क्या करूं?
बढ़ के इस इन्दर-सभा का साजो-सामां फूंक दूं,
इसका गुलशन[3] फूंक दूं, उसका शबिस्तां[4] फूंक दूं,
तख़्ते-सुल्तां[5] क्या, मैं सारा क़सरे-सुल्तां[6] फूंक दूं,
ऐ ग़मे-दिल क्या करूं, ऐ वहशते-दिल क्या करूं?

1. दृश्य 2. अत्याचारी बादशाह 3. फुलवाड़ी, 4. शयनागार 5. बादशाहे का तख़्त 6. बादशाह का महल

# फुटकर शेर

कुछ तुम्हारी निगाह काफ़िर थी।
कुछ मुझे भी ख़राब होना था॥

ये मेरे इश्क़ की मजबूरियां मआ़ज़-अल्ला[1]।
तुम्हारा राज़ तुम्हीं से छुपा रहा हूं मैं॥

◊

जुनूने-शौक़[2] अब भी कम नहीं है।
मगर वो आज भी बरहम नहीं है॥
बहुत मुश्किल है दुनिया का संवरना।
तेरी ज़ुल्फ़ों का पेचो-ख़म नहीं है॥

◊

संभाला होश तो मरने लगे हसीनों पर।
हमें तो मौत ही आई शबाब के बदले॥

◊

इश्क़ का ज़ौक़-नज़ारा[3] मुफ़्त में बदनाम है।
हुस्न ख़ुद बेताब है जलवे दिखाने के लिए॥

◊

दिल को महवे-ग़मे-दिलदार[4] किए बैठे हैं।
रिंद बनते हैं मगर ज़हर पिए बैठे हैं॥

1. भगवान! 2. प्रेमोन्माद 3. देखने का शौक़ 4. प्रेमिका के ग़म में लीन

चाहते हैं कि हर इक जर्रा शगूफ़ा बन जाए।
और ख़ुद दिल में इक ख़ार[1] लिए बैठे हैं।।

अपना ग़म औरों को दे औरों का ग़म लेने से क्या?
तेरी कश्ती पार लग जाएगी इस खेने से क्या?
बात तो जब है कि मर जा अर्सागाहे-रज़्म[2] में।
इस पे दम देने से क्या, और उस पे दम देने से क्या?

◊

वाइज़े-सादा-लोह[3] से कह दो छोड़े उक़्बा[4] की बातें।
इस दुनिया में रक्खा क्या है, उस दुनिया में क्या होगा?
तुम भी 'मजाज़' इन्सां हो आख़िर लाख छुपाओ इश्क़ अपना।
ये भेद मगर खुल जाएगा ये राज़ मगर अफ़शां[5] होगा॥

◊

तेरे माथे पे ये आंचल बहुत ही ख़ूब है लेकिन।
तू इस आंचल से इक परचम[6] बना लेती तो अच्छा था॥

◊

देख शमशीर है ये, साज़ है ये, जाम है ये।
तू जो शमशीर उठा ले तो बड़ा काम है ये ॥

---

1. कांटा 2. युद्धक्षेत्र (कार्यक्षेत्र) 3. भोले उपदेशक 4. परलोक 5. प्रकट 6. झंडा

# फ़ैज़ अहमद 'फ़ैज़'

मुक़ाम 'फ़ैज़' कोई राह में जंचा ही नहीं
जो कू-ए-यार से निकले तो सू-ए-दार चले

# परिचय

"शेर लिखना जुर्म न सही लेकिन बिना सबब शेर लिखते रहना कुछ ऐसी अक़्लमंदी भी नहीं है।" फ़ैज़ अहमद 'फ़ैज़' के पहले कविता-संग्रह 'नक़्शे-फ़र्य्यादी' में उसके इस कथन को पढ़कर मुझे 'ग़ालिब' का यह वाक्य याद आता है जिसमें उर्दू के उस महान शायर ने कहा था, "जब से मेरे सीने का नासूर बन्द हो गया है, मैंने शेर कहना छोड़ दिया है।"

'सीने का नासूर' चाहे प्रेम की भावना हो चाहे स्वतंत्रता, देश और जनमित्रता की, शेर (कविता) ही के लिए नहीं, समस्त ललित कलाओं के लिए अनिवार्य है। अध्ययन, परिश्रम तथा तपस्या से हमें बात कहने का ढंग तो आ सकता है, लेकिन अपनी बात को सार्थक बनाने और दूसरे के दिल में उतारने के लिए हमें स्वयं अपने दिल में उतरना पड़ता है।

'फ़ैज़' की आत्मगत तथा परगत प्रेरणाओं में सबसे उग्र प्रेरणा 'सौंदर्य' है (थी), बल्कि उसने तो यहां तक कह दिया था कि :

लेकिन उस शोख के आहिस्ता से खुलते हुए होंट॥
हाय उस जिस्म के कम्बख़्त दिलावेज़[1] ख़तूत[2]॥
आप ही कहिए कहीं ऐसे भी अफ़सूं[3] होंगे?
अपना मौज़ू-ए-सुख़न[4] इनके सिवा और नहीं॥
तबअ़-ए-शायर[5] का वतन इनके सिवा और नहीं॥

लेकिन इस बन्द के शुरू के 'लेकिन' से पहले उससे जिन चीज़ों को अपना 'मौज़ू-ए-सुख़न' बनाना पसन्द नहीं किया था और :

इन दमकते हुए शहरों की फ़रावां[6] मख़लूक़[7]।
क्यों फ़क़त मरने की हसरत में जिया करती है?

---

1. मनमोहक 2. रेखाएं 3. जादू 4. काव्य-विषय 5. कवि की। प्रकृति का 6. असंख्य 7. जनता

ये हसीं खेत फटा पड़ता है जोबन जिनका।

किसलिए इनमें फ़क़त भूख उगा करती है?

ऐसे प्रश्न उत्तर दिए बिना छोड़ दिए थे वही 'साधारण और महत्त्वहीन' प्रश्न बाद में उसकी आत्मगत और परगत प्रेरणाओं का स्रोत बने और इन्हीं प्रश्नों ने उसे महफ़िल का शुक्रिया अदा करके उठ आने से रोका और उर्दू शायरी को एक बड़ा शायर प्रदान किया।

फ़ैज़ अहमद फ़ैज़' उर्दू के उन गिनती के बड़े शायरों में से हैं। जिन्होंने काव्य-कला में नये प्रयोग तो किए लेकिन उनकी नींव पुराने प्रयोगों पर रखी, और इस अटल सचाई को कभी विस्मृत नहीं किया कि हर नई चीज़ पुरानी कोख से जन्म लेती है। यही कारण है कि उसकी शायरी का अध्ययन करते हुए हमें किसी प्रकार की अपरिचितता का अनुभव नहीं होता।

'फ़ैज़' 1911 में स्यालकोट में पैदा हुआ और बी० ए० तक वहीं शिक्षा पाई। फिर गवर्नमेंट कालेज, लाहौर से अंग्रेज़ी और अरबी में एम० ए० किया। 1936 में एम० ए० ओ० कालेज में लैक्चरर हो गया। 1942 से '47 तक भारत के सेना-विभाग में रहा और कर्नल के पद तक पहुंचा। पाकिस्तान बनने के बाद उसने अपना सैनिक जीवन त्याग दिया और 'पाकिस्तान टाइम्ज़' का सम्पादक हो गया। उस काल में साहित्यिक कामों के अतिरिक्त मज़दूर आन्दोलन से भी उसका गहरा सम्बन्ध रहा। 1951 में 'रावलपिंडी साज़िश केस' में गिरफ्तार होकर लगभग पांच वर्ष के बाद रिहा हुआ और फिर से 'पाकिस्तान टाइम्ज़' का सम्पादन कर रहा है। शायरी के अलावा उसने आलोचनात्मक लेख भी लिखे हैं।

## मुझसे पहली-सी मुहब्बत मेरी महबूब न मांग!

मुझसे पहली-सी मुहब्बत मेरी महबूब न मांग!

मैंने समझा था कि तू है तो दरख़्शां[1] है हयात,
तेरा ग़म है तो ग़मे-दहर का[2] झगड़ा क्या है?
तेरी सूरत से है आ़लम[3] में बहारों को सबात[4]
तेरी आंखों के सिवा दुनिया में रक्खा क्या है?

तू जो मिल जाए तो तक़दीर नगूं[5] हो जाए।

यूं न था मैंने फ़क़त[6] चाहा था यूं हो जाए,
और भी दुःख हैं ज़माने में मुहब्बत के सिवा,
राहतें और भी हैं वस्ल की राहत के सिवा,
अनगिनत सदियों के तारीक-बहीमाना तलिस्म[7],
रेशमो - अतलसी - कमख़्वाब में बुनवाए हुए,
जा-ब-जा बिकते हुए कूचा-ओ-बाज़ार में जिस्म,
ख़ाक में लिथड़े हुए, ख़ून में नहलाए हुए,
जिस्म निकले हुए अमराज़[8] के तन्नूरों से,
पीप बहती हुई गलते हुए नासूरों से,

लौट जाती है उधर को भी नज़र क्या कीजे?

अब भी दिलकश है तेरा हुस्न मगर क्या कीजे?
और भी दुख हैं ज़माने में मुहब्बत के सिवा,

---

1. दीप्तिमान 2. संसार के ग़म का 3. संसार 4. स्थायित्व 5. बदल जाए 6. केवल 7. अन्धकारमय जादू 8. रोगों।

राहतें और भी हैं वस्ल की राहत के सिवा,

मुझसे पहली-सी मुहब्बत मेरी महबूब न मांग!

## तनहाई

फिर कोई आया दिले - ज़ार! नहीं कोई नहीं,
राहरौ[1] होगा, कहीं और चला जाएगा,
टल चुकी रात, बिखरने लगे तारों के गुबार,
लड़खड़ाने लगे ऐवानों[2] में ख़्वाबीदा चिराग़[3],
सो गई रास्ता तक - तक के हर एक राहगुज़ार,
अजनबी ख़ाक ने धुंधला दिए क़दमों के सुराग़,
गुल करो शम्मएं, बढ़ा दो मै-ओ-मीना-ओ-अयाज़[4],
अपने बेख़्वाब किवाड़ों को मुक़फ़्फ़ल कर लो[5],
अब यहां कोई नहीं, कोई नहीं आएगा।

## चन्द रोज़ और मेरी जान!

चन्द रोज़ और मेरी जान! फ़क़त चन्द ही रोज़!
ज़ुल्म की छांव में दम लेने पे मजबूर हैं हम,
और कुछ देर सितम सह लें, तड़प लें, रो लें,
अपने अजदाद[6] की मीरास हैं माज़ूर[7] हैं
हम, जिस्म पर कैंद है, जज़बात पे जंजीरें हैं,

---

1. पथिक 2. भवनों 3. सोए हुए चिराग़ 4. शराब, सुराही, प्याला 5. ताले लगा लो 6. पितृगण 7. विवश

फ़िक्र[1] महबूस[2] है, गुफ़्तार[3] पे ताज़ीरें[4] हैं,
अपनी हिम्मत है कि हम फिर भी जिए जाते हैं,
ज़िन्दगी क्या किसी मुफ़लिस की क़बा[5] है जिसमें
हर घड़ी दर्द के पेबन्द लगे जाते हैं,
लेकिन इस ज़ुल्म की मीयाद के दिन थोड़े हैं,
इक ज़रा सब्र कि फ़र्य्याद के दिन थोड़े हैं,
अर्सा-ए-दहर[6] की झुलसी हुई वीरानी में,
हमको रहना है, मगर यूंही तो नहीं रहना है,
अजनबी हाथों का बेनाम गिरांबार[7] सितम, आज
सहना है हमेशा तो नहीं सहना है, ये तेरे हुस्न से लिपटी
हुई आलम[8] की गर्द, अपनी दो रोज़ा जवानी की
शिकस्तों का शुमार; चांदनी रातों का बेकार दहकता
हुआ दर्द, दिल की बेसूद तड़प, जिस्म की मायूस
पुकार, चन्द रोज़ और मेरी जान! फ़क़त चन्द ही रोज़!

## मौज़ू-ए-सुख़न*

गुल हुई जाती है अफ़सुर्दा, सुलगती हुई शाम,
धुल के निकलेगी अभी चश्मा-ए-महताब[10] से रात,
और—मुश्ताक़[11] निगाहों को सुनी जाएगी,
और—उन हाथों से मस होंगे ये तरसे हुए हात।

---

1. सोच 2. बन्दी 3. बोलने पर 4. दण्ड 5. चोग़ा 6. संसारक्षेत्र 7. बोझल (असह्य) 8. अत्याचार 9. दुनिया 10. चांद का चश्मा 11. उत्सुक

*काव्य का विषय

उनका आंचल है, कि रुख़्सार, कि पैराहन[1] है?
कुछ तो है जिससे हुई जाती है चिलमन रंगीं,
जाने उस ज़ुल्फ़ की मौहूम[2] घनी छांओं में,
टमटमाता है वो आवेज़ा अभी तक कि नहीं?
आज फिर हुस्ने - दिलाआरा की वही धज होगी;
वही ख़्वाबीदा[3]-सी आंखें, वही काजल की लकीर,
रंगे रुख़्सार पे हल्का - सा वो ग़ाज़े का ग़ुबार,
संदली हाथ पे धुंधली - सी हिना[4] की तहरीर[5]।
अपने अफ़कार[6] की अशआ़र की दुनिया है यही,
जाने - मज़मूं[7] है यही, शाहिदे - मानी[8] है यही!
आज तक सुर्ख़ो - सियाह सदियों के साये के तले,
आदमो - हव्वा की औलाद पे क्या गुज़री है?
मौत और ज़ीस्त[9] की रोज़ाना सफ़ - आराई[10] में,
हम पे क्या गुज़रेगी, अजदाद[11] पे क्या गुज़री है?
इन दमकते हुए शहरों की फ़रावां[12] मख़लूक़[13],
क्यों फ़क़त मरने की हसरत में जिया करती है?
ये हसीं खेत, फटा पड़ता है जोबन जिनका,
किसलिए इनमें फ़क़त भूख उगा करती है? ये
हर इक सिम्त[14] पुर - असरार[15] कड़ी दीवारें,
जल बुझे जिनमें हज़ारों की जवानी के चिराग़,

1. लिबास 2. कल्पित 3. निद्रित 4. मेहंदी 5. लिखावट, चित्रण 6. चिन्तन 7. विषय की जान 8. अर्थों की साक्षी 9. जीवन 10. मुकाबले 11. पितृगण 12. असंख्य 13. जनता 14. ओर 15. भेदपूर्ण

ये हर इक गाम[1] पे उन ख़्वाबों की मक़तलगाहें[2],
जिनके परतौ[3] से चिरागां[4] हैं हजारों के दिमाग़,
ये भी हैं, ऐसे कई और भी मज़मूं होंगे,
लेकिन उस शोख के आहिस्ता से खुलते हुए होंट,
हाए उस जिस्म के कमबख़्त दिलावेज़[5] ख़तूत[6],
आप ही कहिए कहीं ऐसे भी अफ़सूं[7] होंगे? अपना
मौज़ू - ए - सुख़न इनके सिवा और नहीं, तबअ-
ए-शायर[8] का वतन इनके सिवा और नहीं!

## ग़ज़लें

दोनों जहान तेरी मुहब्बत में हार के।
वो जा रहा है कोई शबे-ग़म गुज़ार के॥
वीरां है मैंकदा, ख़ुमो - साग़र उदास हैं।
तुम क्या गए कि रूठ गए दिन बहार के॥
इक फ़ुर्सते-गुनाह[9] मिली वो भी चार दिन।
देखे हैं हमने हौसले परवरदिगार[10] के॥
दुनिया ने तेरी याद से बेगाना कर दिया।
तुझसे भी दिलफ़रेब हैं ग़म रोज़गार के॥
भूले से मुस्करा तो गए थे वो आज 'फ़ैज़'।
मत पूछ वलवले दिले-नाकर्दाकार[11] के॥

1, क़दम 2. कत्लधर 3. प्रतिबिम्ब 4. प्रकाशमान 5. अआकर्षक 6. रेखाएं 7, जादू 8. कवि की प्रकृति 9. पाप करने का अवकाश 10. भगवान 11. जिस दिल ने गुनाह नहीं किया।

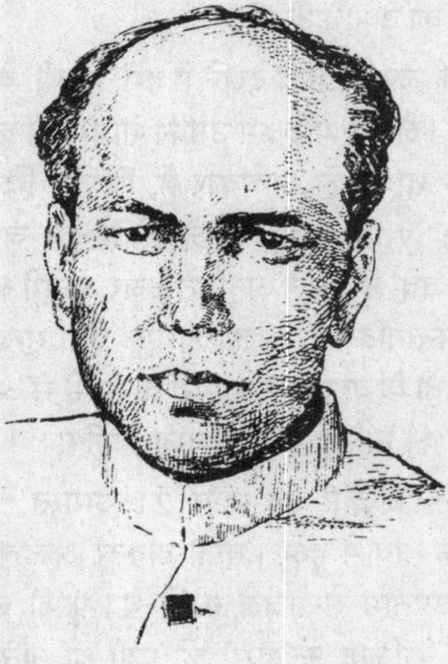

# मुईन अहसन 'जज्बी'

इक तरफ़ लव तक नहीं खुलते हैं फ़र्ते-यास से
इक तरफ़ 'जज़्बी' मुझे शौक़े-ग़ज़लख़्वानी भी है

# परिचय

'जज़्बी' की शायरी के सम्बन्ध में आम धारणा यह है कि वह केवल आत्मगत अनुभूतियों को शायर है और जान-बूझकर अपनी 'कला' को परिस्थितियों की पकड़ से बचाए रखना चाहता है। उसके यहां विषय की अपेक्षा रूप को महत्त्व दिया जाता है और इस सम्बन्ध में एक बार एक समालोचक ने उसे 'केवल शब्दों का जौहरी' कहकर उसकी शायरी की निंदा की थी। एक और समालोचक ने उसे निराशावादी शायर सिद्ध करके 'फ़ानी' (उर्दू का एक प्रसिद्ध निराशावादी शायर) का चर्बा कहा था और एक महाशय ने उसे प्रतीकवादी शायर की उपाधि दी थी।

यह सही है कि ऊपरी ढंग से देखने से हमें 'जज़्बी' के यहां इन अवगुणों की झलक मिलेगी। लेकिन यदि हम उसकी शायरी का क्रमानुसार मूल्यांकन करें और जैसाकि शायर का अधिकार है, किंचित् चिन्तनमय सहानुभूति (Imaginative Sympathy) से काम लें तो हमें 'जज़्बी' की शायरी पर उक्त प्रकार के 'फ़तवे' न केवल अनुचित नज़र आएंगे बल्कि निराधार भी। हमें उसके यहां अन्तर्गति और कला का एक ऐसा सुन्दर समावेश मिलेगा जो उर्दू की नई पीढ़ी के बहुत कम शायरों के हिस्से में आया है और जिसके लिए एक-दो दिन की महीं, वर्षों की तपस्या चाहिए।

मुईन अहसन 'जज़्बी' का जन्म 21 अगस्त, 1912 को ज़िला आज़मगढ़ के एक गांव में हुआ। दादा डाक्टर अब्दुल गफ़ूर स्वयं शायर थे और 'मतीर' उपनाम से ग़ज़लें कहते थे। फूफी ख़ातून अकरम उर्दू के प्रसिद्ध लेखक 'राज़िक उलख़ैरी' की पत्नी थीं और स्वयं भी निबन्ध, कहानियां आदि लिखती थीं। घर के साहित्यिक वातावरण के प्रभाव से 9-10 वर्ष की उम्र में ही 'जज़्बी' ने तुकबन्दी शुरू कर दी और सोलह वर्ष की उम्र में बाक़ायदा ग़ज़लें कहने लगा। 'जज़्बी' का जीवन असह्य परिस्थितियों की लम्बी दास्तान है। उसने अपने जीवन में ऐसे दिन भी देखे

जब उसे सुबह की चाय तो किसी तरह प्राप्त हो गई लेकिन दोपहर के खाने के लिए उसे छः-छः मील पैदल चलकर किसी मित्र-मुलाक़ाती का मुंह देखना पड़ा और क़भी-कभी तो फ़ाके तक की नौबत आई। ट्यूशने कर-करके और पेट पर पत्थर बांधकर उसने एम० ए० किया और नौकरी के सिलसिले में बरसों एक ज़िले से दूसरे ज़िले में और एक शहर से दूसरे शहर में मारा-मारा फिरता रहा। प्रत्यक्ष है कि उसकी शायरी इस प्रकार की परिस्थितियों से प्रभावित हुए बिना नहीं रह सकती थी और वे जो कुछ समालोचक उसे निराशावादी शायर सिद्ध करने के लिए उसके निम्न प्रकार के शेरों का उदाहरण देते हैं :

मरने की दुआएं क्यों मांगूं, जीने की तमन्ना कौन करे?

ये दुनिया हो या वो दुनिया, अब ख़्वाहिशे-दुनिया कौन करे?

—तो एक तो वे शायर के पांव पर खड़े होकर आलोचना करने का कष्ट नहीं करते और दूसरे उसके उसी काल के निम्न प्रकार के शेरों पर आंखें मीच लेते हैं।

किसीसे हाले-दिल-बेक़रार कह न सका।

कि चश्मे-यास[1] में आंसू भी आ के बह न सका॥

यों तो 'जज़्बी' 1929 से शेर कह रहा था और :

अल्लाह री बेख़ुदी कि चला जा रहा हूं मैं।

मंज़िल को देखता हुआ, कुछ सोचता हुआ।

ऐसे सुन्दर शेर कह रहा था, लेकिन 1934 तक उच्चकोटि के पत्रों के सम्पादक धन्यवाद-सहित उसकी ग़ज़लें लौटाते रहे। फिर 1934 में जब किसी प्रकार 'हुमांयू' (प्रसिद्ध मासिक पत्रिका, लाहौर) में उसकी वही 'मरने की दुआएं क्यों मांगूं' ग़ज़ल प्रकाशित हो गई तो एकदम पाठक और लेखक सभी चौंक उठ और उस ग़ज़ल के बाद से उसकी गणना आधुनिककाल के प्रथम श्रेणी के उर्दू शायरों में होने लगी।

---

1. शोकपूर्ण आंख

# फ़ितरत एक मुफ़लिस की नज़र में

फ़ितरत के पुजारी कुछ तो बता, क्या हुस्न है इन गुलज़ारों में?
है कौन-सी रअ़नाई[1] आख़िर, इन फूलों में, इन ख़ारों[2] में?
वो ख़्वाह[3] सुलगते हों शब भर, वो ख़्वाह चमकते हों शब भर।
मैंने भी तो देखा है अक्सर, क्या बात नई है तारों में? इस
चांद की ठंडी किरनों से मुझको तो सुकूं[4] होता ही नहीं,
मुझको तो जुनूं[5] होता ही नहीं, जब फिरता हूं गुलज़ारों में।
ये चुप-चुप नर्गिस की कलियां, क्या जाने कैसी कलियां हैं?
जो खिलती हैं, जो हंसती हैं और फिर भी हैं बीमारों में। ये
लाल शफ़क़[6] ये लाला-ओ-गुल[7] इकचिंगारी भी जिनमें नहीं,
शोले भी नहीं, गर्मी भी नहीं है तेरे आतिशज़ारों[8] में।
उस वक़्त कहां तू होता है जब मौसमे-गर्मा का सूरज,
दोज़ख़ की तपिश भर देता है, दरियाओं में कुहसारों
में। जाड़े की भयानक रातों में वो सर्द हवाओं की तेजी,
हां वो तेज़ी, वो बेमेहरी[9] जो होती है तलवारों में।
दरिया के तलातुम[10] का मंज़र[11] हां तुझको मुबारिक हो लेकिन,
इक टूटी-फूटी कश्ती भी चकराती है मंझधारों में।
कोयल के रसीले गीत सुने लेकिन ये कभी सोचा तूने,
हैं उलझे हुए नग़में कितने इक साज़ के टूटे तारों में?

---

1. सौन्दर्य 2. कांटों 3. चाहे 4. शान्ति 5. उन्माद 6. सान्ध्य -लालिमा 7. फूल 8. अग्नि-स्थलों 9. निर्दयता 10. तूफान 11. दृश्य

बादल की गरज बिजली की चमक बारिश में वो तेज़ी तारों की, मैं ठिठरा सिमटा सड़कों पर, तू जाम-बलब[1] मैख़ानों में? सब होशो-ख़िरद[2] के दुश्मन हैं,सब क़लबो[3]-जिगर के रहज़न[4] हैं, रक्खा है भला क्या इसके सिवा इन राहते-जां महपारों[5] में? वो लाख हिलालों[6] से भी हसीं, कैसी ज़ोहरा'[7] कैसी परवी[8]? इक रोटी का टुकड़ा जो कहीं मिल जाए मुझे बाज़ारों में। जब जेब में पैसे बजते हैं, जब पेट में रोटी होती है, उस वक़्त ये ज़र्रा हीरा है, उस वक़्त ये शबनम मोती है।

## मौत

अपनी सोई हुई दुनिया को जगा लूं तो चलूं,
अपने ग़मख़ाने में इक धूम मचा लूं तो चलूं,
और इक जामे-मये-तल्ख़[9] चढ़ा लूं तो चलूं,
अभी चलता हूं ज़रा ख़ुद को संभालें तो चलूं।
जाने कब पी थी, अभी तक है मये-ग़म का ख़ुमार,
धुंदला-धुंदला नजर आता है जहाने-बेदार[10],
आंधियां चलती हैं, दुनिया हुई जाती है ग़ुबार,
आंख तो मल लूं, ज़रा होश में आ लूं तो चलूं

---

1. शराब से भरे प्याले लिए हुए 2. बुद्धि 3. हृदय 4. डाकू 5. आनन्ददायक चांद के टुकड़ों (सुन्दरियों) में 6. पहली रात के चांद 7; 8. सितारों तथा स्त्रियों के नाम 9. कड़वी (बहुत नशा देनेवाली) शराब का प्याला 10. जागा हुमा संसार

वो मेरा सहर[1], वो एजाज़[2] कहां है? लाना,
मेरी खोई हुई आवाज़ कहां है? लाना,
मेरा टूटा हुआ वो साज़ कहां है? लाना,
इक ज़रा गीत भी उस साज़ पे गा लूं तो चलूं।
मैं थका-हारा था, इतने में जो आए बादल
किसी मतवाले ने चुपके से बढ़ा दी बोतल,
उफ़ वो रंगीन पुरअसरार[3] ख़यालों के महल,
ऐसे दो-चार महल और बना लूं तो चलूं।
मुझसे कुछ कहने को आई है मेरे दिल की जलन,
क्या किया मैंने ज़माने में नहीं जिसका चलन?
आंसुओ! तुमने तो बेकार भिगोया दामन,
अपने भीगे हुए दामन को सुखा लूं तो चलूं।
मेरी आंखों में अभी तक है मुहब्बत का ग़रूर,
मेरे होंटों को अभी तक है सदाक़त का ग़रूर,
मेरे माथे पे अभी तक है शराफ़त का ग़ुरूर,
ऐसे वहमों से भी अब ख़ुद को निकालूं तो चलूं।

## ग़ज़ल

इन्तहाए-ग़म में मुझको मुस्कराना आ गया।
हाथ इखफ़ाए-मुहब्बत[4] का बहाना आ गया॥
इस तरफ़ इक आशियाने की हक़ीक़त खुल गई।
उस तरफ़ इक शोख़ को बिजली गिराना आ गया॥

1. जादू 2. चमत्कार 3. भेदपूर्ण 4. छिपाना

रो दिये वो ख़ुद भी मेरे गिरया-ए-पैहम[1] पे आज।
अब हक़ीक़त में मुझे आंसू बहाना आ गया॥
मेरी ख़ाके-दिल भी आख़िर उनके काम आ ही गई।
कुछ नहीं तो उनको दामन ही बचाना आ गया॥
वो खराशे-दिल[2] जो ऐ 'जज़्बी' मेरी हमराज़ थी।
आज उसे भी ज़ख़्म बनकर मुस्कराना आ गया॥

## फुटकर शेर

दास्ताने : शबे - ग़म क़िस्साए - तूलानी है[3]।
मुख़्तसर ये है कि तूने मुझे बरबाद किया॥
हो न हो दिल को तेरे हुस्न से कुछ निसबत[4] है।
जब उठा दर्द तो क्यों मैंने तुझे याद किया॥

◊

रूठने वालों से इतना कोई जाकर पूछे।
ख़ुद ही रूठे रहे या हमसे मनाया न गया॥
फूल चुनना भी अ़बस[5], सैरे-बहारां भी अबस।
दिल का दामन ही जो कांटों से बचाया न गया॥

◊

शिकवा क्या करता कि उस महफ़िल में कुछ ऐसे भी थे।
उम्र-भर जो अपने ज़ख़्मों पर नमक छिड़का किए॥

---

1. निरन्तर रुदन 2. दिल पर पड़ी हुई खरोंच 3. ग़म की रात का वृत्तान्त एक लम्बी कहानी है।4. सम्बन्ध 5. व्यर्थ

ऐ हुस्न! हमको हिज्र[1] की रातों का खौफ़ क्या?
तेरा ख़याल जागेगा सोया करेंगे हम ॥
ये दिल से कहके आहों के झोंके निकल गए।
उनको थपक - थपक के सुलाया करेंगे हम ॥

◊

दिल को होना था जुस्तजू[2] में ख़राब।
पास थी वन मंज़िले - मक़सूद[3] ॥
तेरे जलवों की हद मिली तो कब?
हो गई जब नज़र भी ला - महदूद[4] ॥

◊

संभलने दे ज़रा बेताबिए-दिल[5]।
नज़र आते हैं कुछ आसारे-मंज़िल[6] ॥

◊

ऐश से क्यों ख़ुश हुए, क्यों ग़म से घबराया किए?
ज़िन्दगी क्या जाने क्या थी, और क्या समझा किए?

◊

अब कहां मैं ढूंढ़ने जाऊं[7] सुकूं[6] को ऐ ख़ुदा?
इन ज़मीनों में नहीं, इन आस्मानों में नहीं ॥

---

1. जुदाई 2. तलाश 3. गन्तव्य स्थान 4. असीम
5. हृदय की बेचैनी 6. मंज़िल के निशान 7. शान्ति

# सरदार 'जाफ़री'

वज्द में है बज़्मे-गेती, रक़्स में है कायनात
शायरी को जानते हैं, नारा-ए-मस्ताना हम

# परिचय

आधुनिक उर्दू शायरी का यह निडर और स्पष्टवक्ता शायर, जो अपनी शायरी द्वारा स्वतन्त्रता, शांति तथा समानता का प्रचार और परतन्त्रता, युद्ध और साम्राज्य पर कुठाराघात करने के अपराध में पराधीन भारत में भी जेल भुगत चुका है और स्वाधीन भारत में भी, 29 नवम्बर, 1913 को बलरामपुर, ज़िला गोंडा (अवध) में पैदा हुआ।

घर का वातावरण यू० पी० के साधारण मध्यवर्गीय मुसलमान घरानों की तरह ख़ालिस धार्मिक था और चूंकि ऐसे घरानों में 'अनीस' के मर्सियों को वही स्थान प्राप्त है जो हिन्दू घरानों में महाभारत और रामायण को, इसलिए अली सरदार जाफ़री पर भी घर के वातावरण ने प्रभाव डाला और अपनी छोटी-सी आयु में ही उसने 'मर्सिये' लिखने शुरू कर दिए और 1933 तक बराबर मर्सिये लिखता रहा। उसका उस ज़माने का एक शेर देखिए :

अ़र्श[1] तक ओस के क़तरों की चमक जाने लगी।
चली ठंडी जो हवा तारों को नींद आने लगी॥

लेकिन बलरामपुर से हाई स्कूल की परीक्षा पास करने के बाद जब वह उच्च शिक्षा के लिए मुस्लिम विश्वविद्यालय, अलीगढ़ पहुंचा, और वहां उसे अख़्तर हुसैन रायपुरी, सिब्ते-हसन, 'जज़्बी', 'मजाज़', जां निसार 'अख़्तर' और ख़्वाजा अहमद अब्बास जैसे साथी मिले और वह विद्यार्थी-आंदोलनों में गहरा भाग लेने लगा और फिर विद्यार्थियों की एक हड़ताल कराने के सिलसिले में विश्वविद्यालय से निकाल दिया गया तो उसकी शायरी की धारा आप ही आप 'मर्सियों' से राजनीतिक नज़्मों की ओर मुड़ गई और एंग्लो-ऐरेबिक कालेज, दिल्ली से बी० ए० और लखनऊ विश्विद्यालय से एम० ए० करने और कम्युनिस्ट पार्टी का सदस्य बनने के बाद तो उसकी शायरी

1. आकाश

पूर्ण रूप से 'राजनीतिक' हो गई।

उसके समस्त कविता-संग्रह ('परवाज़', 'नई दुनिया को सलाम', 'ख़ून की लकीर', 'अमन का सितारा', 'एशिया जाग उठा' और 'पत्थर की दीवार') के अध्ययन से जो चीज़ बड़े स्पष्ट रूप में हमारे सामने आती है और जिससे हमें शायर की आसाधारण विशेषता का पता चलता है, वह यह है कि उसके समस्त विचारों का केन्द्र मानव है। और उसे मानवता के शानदार भविष्य का पूरा भरोसा है। ऐतिहासिक बोध और सामाजिक अनुभवों द्वारा उसने इस भेद को पा लिया है कि संसार में व्यक्तियों तथा वर्गों की पराजय तो हो सकती है, और होगी, लेकिन मानव अजेय है, और चूंकि उसका परिश्रम उसके अपने ज्ञान ही का नहीं, बहुत हद तक उसके वातावरण का भी निर्माता होता है, अतएव वह सदैव विजयी और भाग्यशील रहेगा; और यही कारण है कि हमें सरदार जाफ़री की शायरी में किसी प्रकार की निराशा तथा अवसन्नता का चित्रण नहीं मिलता, वरन् उसकी शायरी हमारे भीतर नई-नई उमंगें जगाती है। हम उसके सिद्धांतों से भले ही सहमत न हों, लेकिन उसकी, निष्कपटता, उसकी सूझ-बूझ और उसके आशावाद से प्रभावित हुए बिना ही रहसकते। कुछ शेर देखिए :

गो मेरे सिर पे सिभाय रात की पहछाई है, मेरे
हाथों में है सूरज का छलकता हुआ जाम, मेरे
अफ़कार[1] में है तल्ख़ी-ए-इमरोज़[2], मगर,
मेरे अ़शआर में है इश्रते-फ़र्दा[3] का पयाम।

---

1.रचनाओं 2. आज की कटुताएँ 3. सुखप्रद भविष्य

# नींद

*[अपने बच्चे की पहली वर्षगांठ पर]*

रात ख़ूबसूरत है, नींद क्यों नहीं आती? दिन
की ख़ुश्मगीं[1] नज़रें, खो गईं सियाही में,
आहनी[2] कड़ों का शोर, बेड़ियों की झंकार,
क़ैदियों की सांसों की, तुन्दो - तेज़ आवाज़ें,
जेलरों की बदकारी, गालियों की बौछारें,
बेबसी की ख़ामोशी, ख़ामशी की फ़य्यदिं,
तहनशीं अंधेरे में, शब[3] की शोख़ दोशीज़ा[4],
ख़ारदार[5] तारों को, आहनी हिसारों[6] को,
पार कर के आई है।

भर के अपने आंचल में, जंगलों की ख़ूशबूएं,
ठंडके पहाड़ों की, मेरे पास लाई है।

नीलगूं[7] जवां सीना, नीलगूं जवां बाहें
कहकशां[8] की पेशानी, नीम-चांद का जूड़ा,
मख़मली अंधेरे का, पैरहन[9] लरज़ता है।
वक़्त की सियाह ज़ुल्फ़ें, ख़ामशी के शानों पर,
**ख़म-ब-ख़म[10] महकती हैं।**

---

1. क्रोधपूर्ण 2. लोहे की 3. रात 4. कुमारी 5. कंटीले 6. लौहदुर्गों 7. नीलिमामय 8. आकाशगंगा 9. लिबास 10. उलझी हुई

और ज़मीं के होटों पर, नर्म शबनमी बोसे,
मोतियों के दांतों से, खिलखिला के हंसते हैं,
रात ख़ूबसूरत है, नींद क्यों नहीं आती?

रात पेंग लेती है, चांदनी के झूले में;
आस्मान पर तारे, नन्हे-नन्हे हाथों से,
बुन रहे हैं जादू-सा।

झींगुरों की आवाजें, कह रही हैं अफ़साना,
दूर जेल के बाहर, बज रही है शहनाई,
रेल अपने पहियों से लोरियां सुनाती है।
रात ख़ूबसूरत है, नींद क्यों नहीं आती?

रोज़ रात को यूं ही, नींद मेरी आंखों से,
बेवफ़ाई करती है, मुझको छोड़कर तनहा,
जेल से निकलती है।

बम्बई की बस्ती में, मेरे घर का दरवाज़ा,
जा के खटखटाती है।

एक नन्हे बच्चे की, अंखड़ियों के बचपन में,
मीठे-मीठे ख़्वाबों के, शहद घोल देती है।
नर्म-नर्म गालों को, गर्म-गर्म आंखों को,
झुक के प्यार करती है।

इक हसीं परी बनकर, लोरियां सुनाती है,
पालना हिलाती है।

# दक्कन की शहज़ादी

बम्बई! ऐ दक्कन की शहज़ादी! नीलगूं सुन्दरी अजन्ता की,
अपनी ऊंची चटान से नीचे, अपने बालों को धोने आई है।
पिंडलियां मछलियां हैं सोने की, पांव डूबे हुए समन्दर में,
उंगलियां खेलती हैं पानी से, जलते हीरे की लाखों आंखों से,
पिघले नीलम के नीले होंटों से, मेरे ख़्वाबों में मुस्कराती है।
दिल के तूफ़ान-ख़ेज़ साहिल पर, मौजें[1] गाती हैं रक़्स करती हैं,
झाग के आंचलों को लहराती, चांदनी की अंगूठियां पहने
भीगे तारों के फूल बरसाती।

तेरी क़ौसे-क़ज़ह[2] की गरदन में, मौजे-बहरे-अरब[3] की बाहें
हैं। तेरे माथे को प्यार करती हैं, तिरछी परछाइयां जहाज़ों की।
ख़ूं की गरदिशमें है मशी[4]काराज़ नाचती उंगलियों में सूत के तार,
जिस्म पर सीपियों की नर्म चमक,और नज़रों में मोतियों कागुरूर।
मैं हिमालय के देश का वासी, तू समन्दर के गोद की पाली,
क्या कहूं कैसे याद आती है? ज़हन मलगज़ी[5] उजाले में
तेरी तस्वीर झिलमिलाती है, चांदनी रात में गुलाब का फूल।

मेरे ख़्वाबों की शहज़ादी है, तू नहीं मारवाड़ियों की कनीज़[6]!
जो तेरा हुस्न बेच खाते हैं, आह ये नफ़अ-ख़ोर ये दल्लाल!
मग़रबी मंडियों के चकलों में, तुझको नीलाम पर चढ़ाते हैं।
और मैं ग़ुस्से में कांप जाता हूं, मैं तेरे हुस्न का मुहाफ़िज हूं।

1. लहरें 2. इन्द्रधनुष 3. अरब सागर की लहरों 4. मशीन 5. धूमिल 6. दासी

पांव हैं मेरे देवदार के पेड़, मेरा सीना हिमालिया की चटान,
मेरे दिल, मेरे ज़हन में दिन-रात आंधियां बर्फ़ के लबादों में,
बिजलियों के क़दम से चलती हैं।
सुर्ख़ शहपर[1] बग़ावतों के उक़ाब[2], फ़िक्र के आस्मां पे उड़ते हैं।
काले बनियों के चोर हाथों से, मैं तुझे आन कर छुड़ा लूंगा।
मैं तुझे गोद में उठा लूंगा! अपने शायर की दिलनवाज़ है तू।
ऐ समन्दर के हुस्न की बेटी!

## अनाज

मेरी आशिक़ हैं किसानों की हसीं कन्याएं!
जिनके आंचल ने मुहब्बत से उठाया मुझको।
खेत को साफ़ किया नर्म किया मिट्टी को,
और फिर कोख में धरती की सुलाया मुझको।
ख़ाक-दर-ख़ाक हर इक तह में टटोला लेकिन,
मौत के ढूंढते हाथों ने न पाया मुझको।
ख़ाक से ले के उठा मुझको मेरा ज़ौक़े-नमू[3],
सब्ज़ कौंपल ने हथेली में छुपाया मुझको।
मौत से दूर मगर मौत की इक नींद के बाद,
जुंबिशे - बादे - बहारी[4] ने जगाया मुझको।
बालियां फूलीं तो खेतों पे जवानी आई,
उन परीज़ादों ने बालों में सजाया मुझको।
मेरे सीने में भरा सुर्ख़ किरन ने सोना,
अपने झूले में हवाओं ने झुलाया मुझको।

---

1. राजपक्षी 2. एक बहुत ऊंचा उड़ने वाला पक्षी 3. पनपने की इच्छा
4. बाहर की हवा के झोंके

मैं रकाबी में, पियालों में महक सकता हूं,
चाहिए बस लबो-रुख़्सार[1] का साया मुझको।
मेरी आशिक़ हैं किसानों की हसीं कन्याएं!
गोद से उनकी कोई छीन के लाया मुझको।
हविसे - ज़र ने मुझे आग में फूंका है कभी,
कभी बाज़ार में नीलाम चढ़ाया मुझको।
सी के बोरों में मुझे फेंका है तहख़ानों में,
चोर - बाज़ार कभी रास न आया मुझको।
वो तरसते हैं मुझे और मैं तरसता हूं उन्हें,
जिनके हाथों की हरारत[2] ने उगाया मुझको।

क्या हुए आज मेरे नाज़ उठाने वाले?
कहां क़ैदे - ग़ुलामी से छुड़ाने वाले?

1. होंठों और गालों 2. गर्मी

# अहमद 'नदीम' क़ासमी

नौजवां सीनों में मुस्तक़विले की करता हूं तलाश
मक़ेवरों में ढूंढता हूं गुज़रे वक़्तो के क़दम

अहमद 'नदीम' क़ासमी से मिलने और उसकी रचनाओं का अध्ययन करने से जो बात हमें सबसे पहले अपनी ओर खींचती है, वह है उसके व्यक्तित्व और उसकी कला में विमलता। एक बड़े कलाकार के लिए जहां कई और गुणों की आवश्यकता होती है वहां उसमें विमलता का गुण सबसे आवश्यक और अनिवार्य है।

आधुनिक उर्दू साहित्य का यह आदरणीय शायर, जिसका असल नाम अहमदशाह है, 20 नवम्बर, 1916 को ज़िला शाहपुर (पश्चिमी पंजाब) के एक छोटे-से पहाड़ी गांव अंगा में पैदा हुआ। 'पीरज़ादा' होने पर भी घर की हालत किसी निर्धन से निर्धन 'मुरीद' के घर से बदतर थी। पिता के देहान्त के बाद चूंकि 'पहनने को मोटा-झोटा, खाने को जंगली साग और आग तापने को अपने ही हाथों से चुने हुए उपले' रह गए थे, इसलिए शिक्षा-दीक्षा के लिए उसे अपने सम्बन्धियों के हाथों की ओर देखना पड़ा और 1935 में बी० ए० करने के बाद तो परिस्थितियों ने उसके साथ और भी मज़ाक किए। अपने उन दिनों के बारे में वह स्वयं लिखता है कि :

"अपने एक सम्बन्धी की आर्थिक सहायता और कुछ अपनी हिम्मत से मर-मिटकर 1935 में बी० ए० किया और अब यह परवाना हाथ में लेकर और कुछ खानदानी उपाधियों का पुलिन्दा कंधों पर लादकर और पश्चिमी शिष्टाचार और विनय-रीति रटकर मैंने नौकरी की भीख मांगनी शुरू की। 1935 से 1939 तक लगभग पूरे पंजाब का चक्कर लगाया। खानदान के पुराने अभिभावकों ने मुस्कराकर देखा और सहानुभूति प्रकट करते हुए सैर को निकल गए। एक्स्ट्रा-एसिस्टैंट कमिश्नर, तहसीलदारी और नायब तहसीलदारी से लेकर अंजुमने-हिमायते-इस्लाम में कलर्की तक के लिए नित नये ढंग से दरख्वास्तें लिखीं, रिफ़ार्म-कमिश्नर के दफ़्तर में बीस रुपये मासिक पर मुहररी करता रहा। ज़िला मिण्टगुमरी में नौ दिन टेलीफ़ोन आपरेटर रहा। प्रकाशन-विभाग (पंजाब) की पत्रिका 'तहज़ीबे-निसवां' के लिए अंगरेज़ी कहानियों का अनुवाद करता रहा। रावलपिंडी में टाइप सीखता रहा। पंचायत-विभाग

से लेकर आर्मी एकाउंट्स-विभाग के दफ़्तर में मेरा नाम उम्मीदवार के तौर पर दर्ज रहा। साथ-साथ मांगे-तांगे का लिबास पहनकर डिप्टीकमिश्नरों और फ़िनानशल-कमिश्नरों की ड्योढ़ियों पर सलामी देता,फिरा।"

अहमद 'नदीम' क़ासमी की शायरी में हमें किसी प्रकार की नक्‌कली या अनुकरण का आभास नहीं मिलता। अपने जीवन की विभिन्न घटनाओं के अनुभवों द्वारा उसने अपना एक अलग मार्ग निकाला और जिस समय जो महसूस किया, बड़ी दयानतदारी से प्रस्तुत भी कर दिया। वह यदि उदास और मलिन हुआ तो हमें उदास टीलों, वीरान मरुस्थलों और उजाड़ खंडहरों में ले गया और झुकी हुई खजूरों, चकराते हुए बबूलों और बिना फूल-पत्ती के बबूलों द्वारा हमारे मन-मस्तिष्क में निराशा, विवशता और करुणा उत्पन्न की। प्रकृति और नारी के सौन्दर्य से प्रभावित हुआ तो हमें गांव की सलोना सन्ध्याओं, मुस्कराते चश्मों और गाते हुए पनघटों पर ले गया। उसने हमें धानी चूड़ियों की खनक सुनवाई। गोरी बांहों की लचक और थरथराते झूमरों की फबन और ढोलक पर नाचती हुई कोमल उंगलियों की तड़प दिखाई। क्रोधित हुआ तो उसकी ललकार से धरती-आकाश कांपने लगे और जब सोचने के मूड में आया तो अपनी सोच के अनुसार सब गुत्थियां सुलझा कर रख दीं।

## क़तए

देख री, तू पनघट पर जाकर मेरा ज़िक्र न छेड़ा कर
क्या मैं जानूं, कैसे हैं वो, किस कूचे में रहते हैं,
मैंने कब तारीफें की हैं, उनके बांके नैनों की,
'वो अच्छे खुशपोश जवां हैं' मेरे भय्या कहते हैं।

◊

शहनाइयों के शोर में डोली जूंही उठी,
इक नौजवां कहीं से पुकारा मुझे बचाओ,
डोली से सर निकाल के बोली हसीं दुल्हन,
'क्या देखते हो, जाओ भी लिल्लाह[1]! जाओ जाओ।'

◊

ढोल बजते हैं, दनादन की सदा[2] आती है,
फ़सल कटती है, लचकती है, बिछी जाती है,
नौजवां गाते हैं जब सांवले महबूब का गीत,
एक दोशीज़ा[3] ठिठक जाती है, शरमाती है।

## फ़न*

एक रक़्क़ासा[4] थी—किस-किससे इशारे करती!
आंखें पथराई, अदाओं में तवाज़न[5] न रहा,

1. ख़ुदा के लिए 2. आवाज़ 3. कुमारी 4. नर्तकी 5. संतुलन *कला

डगमगाई, तो सब अतराफ़[1] से आवाज़ आई—
'फ़न के इस ओज[2] पे इक तेरे सिवा कौन गया?'
फ़र्शे-मरमर पे गिरी, गिर के उठी, उठ के झुकी,
ख़ुश्क होंटों पे ज़ुबां फेर के पानी मांगा,
ओक उठाई तो तमाशाई संभलकर बोले,
'रक़्स का ये भी इक अंदाज़ है—अल्ला! अल्ला!'
हाथ फैले रहे, सिल - सी गई होंटों से ज़ुबां
एक रक़्क़ास किसी सिम्त[3] से नागाह[4] बढ़ा,
पर्दा सरका, तो मअ़नु[5] फ़न के पुजारी गरजे,
'रक़्स क्यों ख़त्म हुआ? वक़्त अभी बाक़ी था!'

## मौज़ू

फ़न बड़ी चीज़ है तख़लीक़[6] बड़ी नेमत है
हुस्नकारी कोई इलज़ाम नहीं है ऐ दोस्त है
मेरे मद्दे-नज़र[7] आज भी तख़लीक़े-जमाल[8]
गेसू-ए-शब[9] में उलझते हुए तारों के ख़याल
वो जवानी के गुलाबों से महकते हुए जिस्म
फैलती बाहों में मदहोश लहकते हुए जिस्म
कुंजे-गुलशन की ख़मोशी में उमंगों के हुजूम
प्यार की प्यास में खुलते हुए होंटों की पुकार

1. ओर 2. शिखर 3. ओर 4. एकाएक 5. एकदम 6. रचना 7. सामने
8. सौन्दर्य की सृष्टि 9. रात के केशों

आंखों-आंखों में लगन का मुतरन्निम[1] इज़हार
फ़न की तामीर हुई है इन्हीं उनवानों[2] से
यही मक़बूल थे माज़ी के ग़ज़लख़्वानों में
इन्हीं कलियों से खिलाए गए गुलज़ार अब तक
इन्हीं झोंकों से रिवायात[3] में बाक़ी है हयात
मुनअ़कस[4] है इन्हीं आईनों में इन्सां का सबात[5]
मैं अगर इनसे अलग बात करूं तो दरअसल
ये फ़क़त गर्दिशे-अय्याम नहीं है ऐ दोस्त
हुस्न बैठा है सरे-राह भिखारी बनकर
मेरा अन्दाज़े-नज़र ख़ाम नहीं है ऐ दोस्त
चंद उड़ते हुए लम्हों की हसीं नक़्क़ाशी
मेरे फ़न का तो ये अन्जाम नहीं है ऐ दोस्त
पहले मैं माहियते-हुस्न[6] तो पा लूं, वरना
हुस्नकारी कोई इलज़ाम नहीं है ऐ दोस्त
जिनकी तख़लीक़ से है हुस्न की क़दरों[7] में
दवाग़[8] उनके हाथों की ख़राशे तो मिटा लूं पहले

जिनकी मेहनत से इबारत है जमाले-आ़लम[9]
उनको आईना दिखाना भी तो फ़नकारी है।
उनकी आंखों में जो शोला-सा लरज़ उठता है।
उसका अहसास दिलाना भी तो फ़नकारी है।

---

1. संगीतमय 2. शीर्षकों 3. परम्पराओं 4. प्रतिबिम्बित 5. दृढ़ता (अस्तित्व) 6. सौंदर्य की वास्तविकता 7. मूल्यों 8. स्थायित्व 9. विश्व की सुन्दरता बनी है।

हुक्मरानों ने उक़्क़ाबों[1] का भरा है बहरूप
भोली चिड़ियों को जगाना भी तो फ़नकारी है
खेत आबाद हैं; देहात हैं उजड़े-उजड़े
इस तफ़ाबुत[2] को मिटाना भी तो फ़नकारी है
धान की फ़स्ल की तस्वीर है मेराज़े-कमाल[3]
धान की फस्ल उठाना भी तो फ़नकारी है
कारख़ानों से उमड़ता हुआ, फ़ौलाद का शोर
तेरी तहज़ीब का इक गीत नहीं तो क्या है
चन्द सदियों के ग़ुलामों का मुकम्मिल एक्का
नौ-ए-इन्सां[4] की ये इक जीत नहीं तो क्या है
ज़र के ढेरों को उलटती है दरांती की ज़बां
इरतिक़ा[5] की यह इक रीत नहीं तो क्या है
लबो-रुख़्सार[6] की मौज़ू-ए-सुख़न[7] ठहरा लूं
लेकिन इस रंग का माहौल[8] तो पा लूं पहले
ज़ुल्फ़ के पेच तो गिन सकता हूं लेकिन ऐ दोस्त
ज़हन से बारे-सलासिल[9] तो उठा लूं पहले
जिनकी तख़लीक़ से फ़नकार सबक़[10] लेता है
उनके हाथों की ख़राशें तो मिटा लूं पहले

1. बाज़ पक्षियों 2. फर्क, अन्तर 3. कला का शिखर 4. मानव 5. विकास 6. होंठों और गालों (प्रेमिका) 7. काव्य-विषय 8. वातावरण 9. जेल की जंजीरों का बोझ 10. पाठ

# फुटकर शेर

तारों का गो शुमार में आना मुहाल है।
लेकिन किसीको नींद न आए तो क्या करे?

◊

उम्र-भर रोने से रोने का सलीक़ा खो दिया।
हर नफ़स[1] के साथ ये दरिया - दिली अच्छी नहीं॥

◊

मेरी बर्बादियों के राज़ न पूछ।
राज़ का इनकिशाफ़[2] भी है राज़॥

◊

रात को तारों से, दिन को ज़र्रा - हाए - ख़ाक[3] से।
कौन है, जिससे नहीं सुनते तेरा अफ़साना हम?

◊

जकड़ी हुई है इनमें मेरी सारी कायनात।
गो देखने में नर्म हैं तेरी कलाइयां॥

◊

तसव्वुर[4] आपका, अहसास अपना, हमरही[5] दिल की।
मुहब्बत की इस तक़सीम[6] ने मंज़िल से बहकाया॥

◊

तू मेरी ज़िंदगी से भी कतरा के चल दिया।
तुझको तो मेरी मौत पे भी अख्तियार था॥

---

1. प्राणी 2. प्रकटीकरण 3. मिट्टी के ज़र्रों 4. कल्पना 5. साथ 6. विभाजन

# 'साहिर' लुध्यानवी

दुनिया ने तजुर्बातो-हवादिस की शक्ल में
जो कुछ मुझे दिया है वो लौटा रहा हूं मैं

# परिचय

क़द साढ़े पांच फुट, इकहरा बदन, लम्बी-लम्बी लचकीली टांगें, बड़े-बड़े सीधे बाल और चेचकी चेहरे पर उभरी हुई वह लम्बी नाक!

यह शायद 1943-44 की बात है कि उर्युपक्त हुलिये का एक बीस वर्षीय युवक, जिसका नाम अब्दुलहई था, जो अपने-आपको उर्दू का शायर कहता था, लेकिन शायर कम और किसी कालेज का विद्यार्थी अधिक मालूम होता था, सुबह दस-ग्यारह बजे से रात के दो-अढ़ाई बजे तक लाहौर की सड़कें नापता नज़र आता था। अपनी जान-पहचान के लोगों से लेकर, जिनकी संख्या बहुत अधिक थी, राह चलते लोगों तक को चाय और सिगरेट पिलाना उसकी आदत थी और इस बीच में अपनी समस्त नज़्में, ग़ज़लें, जो उसे ज़बानी याद थीं, लम्बी-चौड़ी भूमिकाओं के साथ सुनाते चले जाना शायद उसका पेशा था। लेकिन एक प्रकाशक से दूसरे प्रकाशक के यहां, और एक मित्र से दूसरे मित्र के यहां सैकड़ों चक्कर लगाने और चाय-पानी में सैकड़ों रुपये लुटाने पर भी जब किसी भलेमानस ने उसका कविता-संग्रह प्रकाशित करने की हामी न भरी तो अपनी इस उत्कट अभिलाषा को मन में दबाए वह वापस लुध्याना चला गया और लोग-बाग बहुत शीघ्र उसे भूल गए।

लुध्याना का यह विद्यार्थी आज का 'साहिर' लुध्यानवी है और उसके जिस कविता-संग्रह 'तलख़ियां' को किसी प्रकाशक ने एक नज़र देखने तक का कष्ट न किया था, अब तक उसी कविता-संग्रह के नौ दस संस्करण प्रकाशित हो चुके हैं, और वह उर्दू पढ़े-लिखे 'युवकवर्ग' का इष्ट शायर है।

'साहिर' का जन्म लुध्याना के एक जागीरदार घराने में 8 मार्च, 1922 को हुआ। उसकी माता के अतिरिक्त उसके पिता की कई पत्नियां और थीं, लेकिन एकमात्र सन्तान होने के कारण उसका पालन पोषण बड़े लाड़-प्यार में हुआ। उस वातावरण के कारण उसमें अपनी हर उचित-अनुचित बात

मनवाने, अपनी हठ पर अड़े रहने और बहुत ठाठदार जीवन व्यतीत करने की अभिरुचियां उत्पन्न हुई जिनके कुछ अंश आज भी उसके व्यक्तित्व में मौजूद हैं। लेकिन अभी वह बच्चा ही था कि पति की विलासिताओं के कारण 'साहिर' की माता ने उससे विवाह-विच्छेद कर लिया और चूंकि 'साहिर' ने अदालत में पिता पर माता को प्रधानता दी थी, इसलिए उस घटना के बाद अपने पिता और उसकी जागीर से उसका कोई सम्बन्ध न रहा। इसपर जीवन की ताबड़तोड़ कठिनाइयों और निराशाओं ने उसे समय से बहुत पहले प्रौढ़ बना दिया। उसने प्रेम किया और असफल रहा। कालेज के ज़माने में विद्यार्थियों के आन्दोलन में भाग लिया तो कालेज से निकाल दिया गया।

कालेज से निकाले जाने के बाद वह लाहौर चला गया जहां उसने 'शाहकार' और 'अदबे-लतीफ़' का सम्पादन किया लेकिन इससे सिगरेट-पानी का खर्च तक निकलता न देख वह बम्बई फ़िल्म-जगत् में चला गया। उसका जीवन कुछ-कुछ ढर्रे पर आ चला था। भारत-विभाजन ने एक बार फिर उसे अपने अड्डे से उखाड़ फेंका। माता लुध्याना से शरणार्थी बनकर लाहौर चली गई थीं, इसलिए 'साहिर' भी जैसे-तैसे खून की नदियां फलांगता लाहौर चला गया। फिर 'सवेरा' में, जिसका यह सम्पादक बन गया था, उसने कुछ ऐसे लेख लिखे कि पाकिस्तान सरकार ने उसके विरुद्ध वारंट गिरफ्तारी जारी कर दिए और लाहौर को छोड़कर पहले उसने दिल्ली में शरण ली और फिर अपने पुराने अड्डे फ़िल्म-जगत् बम्बई में चला गया और आश्चर्य है कि बराबर आठ साल से वहीं है।

## ताजमहल

ताज, तेरे लिए इक मज़हरे-उलफ़त[1] ही सही
तुझको इस वादी-ए रंगीं[2] से अक़ीदत[3] ही सही
मेरी महबूब! कहीं और मिलाकर मुझसे!
बज़्मे-शाही[4] में ग़रीबों का गुज़र क्या माने?
सब्त[5] जिस राह पे हों सतवते-शाही[6] के निशां
उस पे उलफ़त भरी रूहों का सफ़र क्या माने?
मेरी महबूब पसे - पर्दा - ए - तशहीरे - वफ़ा[7]
तूने सतवत के निशानों को तो देखा होता
मुर्दा शाहों के मक़ाबिर[8] से बहलने वाली
अपने तारीक[9] मकानों को तो देखा होता

अनगिनत लोगों ने दुनिया में मुहब्बत की है
कौन कहता है कि सादिक़[10] न थे जज़बे उनके
लेकिन उनके लिए तशहीर का सामान[11] नहीं
क्योंकि वो लोग भी अपनी ही तरह मुफ़लिस थे

ये इमारतो-मक़ाबिर, ये फ़सीलें, ये हिसार[12]
मुतलक़-उल-हुक्म[13] शहनशाहों की अ़ज़मत[14] के सतूं[15]
सीना-ए-दहर[16] के नासूर हैं कुहना[17] नासूर
जज़्ब है इनमें तेरे और मेरे अजदाद[18] का ख़ूं

---

1. प्रेम का प्रतिरूप 2. रंगीन वादी 3. श्रद्धा 4. शाही महफ़िल 5. अंकित 6. शाहाना शान-शौक़त 7. प्रेम के प्रदर्शन (विज्ञापन) के पीछे 8. मक़बरों 9. अंधेरे 10. सच्चे 11. विज्ञापन की सामग्री 12. दुर्ग 13. पूर्ण सत्ताधारी 14. महानता 15. सतून, स्तम्भ 16. संसार की छाती 17. पुराने 18. पूर्वजों

मेरी महबूब! उन्हें भी तो मुहब्बत होगी।
जिनकी सन्नाई[1] ने बख़्शी है इसे शक्ले-जमील[2]
उनके प्यारों के मक़ाबिर रहे बे-नामो-नमूद[3]
आज तक उन पे जलाई न किसीने क़ंदील[4]

ये चमनज़ार[5], ये जमना का किनारा, ये महल
ये मुनक़्क़श[6] दरो-दीवार, ये महराब, ये ताक़
इक शहनशाह ने दौलत का सहारा लेकर
हम ग़रीबों की मुहब्बत का उड़ाया है मज़ाक
मेरी महबूब! कहीं और मिलाकर मुझसे

## मता-ए-ग़ैर*

मेरे ख़्वाबों के झरोकों को सजाने वाली।
तेरे ख़्वाबों में कहीं मेरा गुज़र है कि नहीं?
पूछकर अपनी निगाहों से बता दे मुझको।
मेरी रातों के मुक़द्दर[7] में सहर[8] है कि नहीं?
चार दिन की ये रफ़ाक़त[9] जो रफ़ाक़त भी नहीं।
उम्र-भर के लिए आज़ार[10] हुई जाती है॥
ज़िन्दगी यूं तो हमेशा से परेशान-सी थी।
अब तो हर सांस गिराबार[11] हुई जाती है॥
मेरी उजड़ी हुई नींदों के शबिस्तानों[12] में।
तू किसी ख़्वाब के पैकर[13] की तरह आई है॥

---

1. कारीगरी 2. सुन्दर रूप 3. गुमनाम 4. दिया 5. बाग़ 6. चित्रित 7. भाग्य 8. प्रभात 9. साथ 10. मुसीबत 11. बोझल 12. शयनगृहों 13. प्रतिरूप

*दूसरों की दौलत

कभी अपनी सी, कभी ग़ैर नज़र आती है।
कभी इख़लास[1] की सूरत, कभी हरजाई है॥
प्यार पर बस तो नहीं है मेरा, लेकिन फिर भी।
तू बता दे कि तुझे प्यार करूं या न करूं?
तूने ख़ूद अपने तबस्सुम से जगाया है जिन्हें।
उन तमन्नाओं का इज़हार करूं या न करूं?
तू किसी और के दामन की कली है, लेकिन।
मेरी रातें तेरी ख़ुशबू से बसी रहती हैं॥
तू कहीं भी हो तेरे फूल से आ़रिज़[2] की क़सम।
तेरी पलकें मेरी आंखों पे झुकी रहती हैं॥
तेरे हाथों की हरारत[3], तेरे सांसों की महक।
तैरती रहती है अहसास की पहनाई[4] में॥
ढूंढती रहती हैं तख़ईल[5] की बाहें तुझको।
सर्द रातों की सुलगती हुई तनहाई में॥
तेरा अलताफ़ो-करम[6] एक हक़ीक़त[7] है मगर।
ये हक़ीक़त भी हक़ीक़त[8] में फ़साना ही न हो॥
तेरी मानूस[9] निगाहों का ये मोहतात पयाम।
दिल के ख़ू करने का इक और बहाना ही न हो॥
कौन जाने मेरे इमरोज़[10] का फर्दा[11] क्या है?
क़ुरबतें[12] बढ़ के पशेमान भी हो जाती हैं॥

1. सच्चे प्रेम 2. कपोलों 3. गर्मी 4. फैलाव 5. कल्पना 6. कृपाएं 7. वास्तविकता 8. वास्तव 9. परिचित 10. आज (वर्तमान) 11. कल (भविष्य) 12. निकट सम्बन्ध (प्रेम)

दिल के दाम से लिपटती हुई रंगीं नज़रें।
देखते-देखते अनजान भी हो जाती हैं॥
मेरी दरमांदा[1] जवानी की तमन्नाओं के।
मुज़महिल[2] ख़्वाब की ताबीर[3] बता दे मुझको॥
तेरे दामन में गुलस्तां भी हैं वीराने भी।
मेरा हासिल[4] मेरी तक़दीर बता दे मुझको॥

## चकले

ये कूचे ये नीलाम-घर दिलकशी के,
ये लुटते हुए कारवां ज़िन्दगी के,
कहां हैं कहां हैं मुहाफ़िज़ ख़ुदी के,
सनाख़्वाने - तक़दीसे - मशरिक़ कहां हैं[5]?

ये पुरपेच गलियां, ये बेख़्वाब बाज़ार,
ये गुमनाम राही, ये सिक्कों की झंकार,
ये अ़स्मत के सौदे, ये सौदों पे तकरार,
सनाख़्वाने-तक़दीसे-मशरिक़ कहां हैं?

तअ़फ़्फ़ुन[6] से पुर नीम-रोशन ये गलियां,
ये मसली हुई अध-खिली ज़र्द कलियां,
ये बिकती हुई खोखली रंग-रलियां,
सनाख़्वाने - तक़दीसे - मशरिक़ कहां हैं?

वो उजले दरीचों में पायल की छन-छन,
तनफ़्फ़ुस की उलझन पे तबले की धम-धम,

---

1. बेबस 2. शिथिल 3. स्वप्न-फल 4. मुझे क्या मिलेगा 5. पूर्वी देशों की पवित्रता के गुण गानेवाले कहां हैं? 6. दुर्गन्ध 7. श्वासों

ये बेरूह कमरों में खांसी की ढन.ढन,
सनाख़्वाने-तक़दीसे-मशरिक़ कहां हैं?
ये फूलों के गजरे, ये पीकों के छींटे,
ये बेबाक नज़रें, ये गुस्ताख़ फ़िक़रे,
ये ढलके बदन और ये मदक़ूक़[1] चेहरे,
सनाख़्वाने-तक़दीसे-मशरिक़ कहां हैं?
ये भूखी निगाहें हसीनों की जानिब,
ये बढ़ते हुए हाथ सीनों की जानिब,
लपकते हुए पांव ज़ीनों की जानिब,
सनाख़्वाने-तक़दीसे-मशरिक़ कहां हैं?
यहां पीर[2] भी आ चुके हैं जवां भी,
तनूमंद[3] बेटे भी, अब्बा मियां भी,
ये बीवी भी और बहिन भी है मां भी,
सनाख़्वाने-तक़दीसे-मशरिक़ कहां हैं?
मदद चाहती है ये हव्वा की बेटी,
यशोदा की हमजिंस[4], राधा की बेटी,
पयम्बर[5] की उम्मत[6] ज़ुलेख़ा की बेटी,
सनाख़्वाने-तक़दीसे-मशरिक़ कहां हैं?
बुलाओ ख़ुदायाने-दीं[7] को बुलाओ,
ये कूचे, ये गलियां, ये मन्ज़र दिखाओ,
सनाख़्वाने-तक़दीसे-मशरिक़ को लाओ,
सनाख़्वाने-तक़दीसे-मशरिक़ कहां हैं?

---

1. क्षयरोग के मारे हुए 2. बूढे 3. कड़ियल 4. सहजातीय 5. पैग़म्बर 6. अनुयायी समुदाय 7. धर्म के भगवानों

# जगन्नाथ 'आज़ाद'

जहां ज़ुल्मत का मरकज़, आंधियों का आशियाना
है। वहां 'आज़ाद' पैग़ामे-चिराग़ां ले के आया हूं

# परिचय

'फ़िराक़' गोरखपुरी के शब्दों में आज़ाद' की शायरी किताबी नहीं, बल्कि ज़िन्दगी की आवाज़ है। एक चोट खाए हुए और सोचनेवाले दिल की पुकार!

पश्चिमी पंजाब में सिंध नदी के उस पार एक छोटा-सा शहर है ईसाख़ील। उसी ईसाख़ील में 5 दिसम्बर, 1918 को जगन्नाथ आज़ाद का जन्म हुआ। पिता तिलोकचन्द 'महरूम' स्वयं एक प्रसिद्ध शायर हैं इसलिए जगन्नाथ को जगन्नाथ 'आज़ाद' बनने में अधिक प्रतीक्षा नहीं करनी पड़ी।

कलोरकोट से आठवीं और मियांवाली से दसवीं श्रेणी की परीक्षा पास करने के बाद 1933 ई० में जब वह उच्च शिक्षा के लिए रावलपिंडी आया और उसके पिता ने भी कोशिश करके अपना तबादला वहां करवा लिया, तो तीन वर्ष तक उसे पिता के मित्रों अब्दुलहमीद 'अ़दम' और अब्दुलअज़ीज़ 'फ़ितरत' जैसे सिद्धहस्त शायरों की महफ़िल में उठने-बैठने का अवसर मिला और उन लोगों की साहित्य-सम्बन्धी चर्चा से उसने पूरे उर्दू-जगत् का चित्र देख लिया। चूंकि उसके शेरों में दूसरे तरुण शायरों की अपेक्षा अधिक पटुता होती थी इसलिए मौलाना सलाहुद्दीन अहमद और दयानारायण 'निगम' जैसे सम्पादकों ने 'अदबी दुनिया' और 'ज़माना' में उसकी रचनाओं को उचित स्थान दे उसको प्रोत्साहन दिया और यह सिलसिला उसके ओरिएंटल कालेज, लाहौर से एम० ए० करने के बाद तक जारी रहा।

1947 में भारत स्वतन्त्र हुआ और उसके दो टुकड़े कर दिए गए और हज़ारों-लाखों लोग बेघर हो गए। 'आज़ाद' भी इस गड़बड़ और रक्तपात का शिकार हुआ और उसे अपना प्यारा देश छोड़ना पड़ा; और सैकड़ों कष्ट झेलता हुआ जब वह दिल्ली पहुंचा तो उसके मस्तिष्क में एक प्रश्न उत्पन्न हुआ:

‘क्यों?’

‘यह सब क्यों?’

और हम देखते हैं कि शीघ्र ही उसने न केवल इस क्यों का उत्तर पा लिया, बल्कि अपनी रचनाओं द्वारा उसने इसका ठीक-ठीक उत्तर भी प्रस्तुत किया। अतएव यदि मैं यह कहूं कि सही अर्थों में ‘आज़ाद’ की शायरी का प्रारंभ 1927 के बाद हुआ और विशेषकर इस प्रकार के शेरों के साथ :

अभी तो चश्मे-इबरत वक़्त की रफ़्तार देखेगी।
अभी ये किस तरह कह दें सितमरानों पे क्या गुज़री?

तो मैं समझता हूं मैं किसी ग़लतबयानी से काम नहीं ले रहा।

आज जगन्नाथ ‘आज़ाद’ भारत सरकार के इन्फ़ारमेशन ब्यूरो में इन्फ़ारमेशन अफ़सर है। अच्छा लिबास पहनता है, अच्छा खाना खाता है और अच्छे घर में रहता है, लेकिन इस परिवर्तन और उस परिवर्तन में जो भारत-विभाजन के बाद उसमें पैदा हुआ था, धरती-आकाश का अन्तर है। आज किसी साहित्य-सभा में चुपचाप बैठने या केवल पिंगल आदि पर बातचीत करने की बजाय वह जीवन और साहित्य के परस्पर सम्बन्ध पर बड़ी सैद्धान्तिक बहस करता है और उसने जान लिया है कि :

जिस नज़्म में मौजूद न फ़र्दा’ की तड़प हो।
वो नज़्म है ‘आज़ाद’ फ़क़त मसियाख़्वानी[4]॥

और यही कारण है कि छः-सात वर्ष के इस संक्षिप्त से काल में ही उसने आधुनिक उर्दू शायरी में अपना एक विशेष स्थान बन लिया है और बड़ी से बड़ी पत्रिकाओं के सम्पादक उसकी रचनाओं को बड़े गौरव से प्रकाशित करते हैं।

---

1.अत्याचारियों 2. भविष्य 3. केवल 4. शोकगाथा

# 15 अगस्त, 1947 ई०

न पूछो जब बहार आई तो दीवानों पे क्या गुज़री?
ज़रा देखो कि इस मौसम में फ़रज़ानों[1] पे क्या गुज़री?
बहार आते ही टकराने लगे क्यों साग़रो-मीना?
बता ऐ पीरे-मैख़ाना! ये मैख़ानों पे क्या गुज़री?
फ़ज़ा में हर तरफ़ क्यों धज्जियां आवारा हैं उनकी?
जुनूने-सरफ़रोशी तेरे अफ़सानों पे क्या गुज़री?
विसाले-शम्मअ़[2] की हसरत में सब बेताब फिरते थे।
मैं क्या जानूं हज़ूरे-शम्मअ़ परवानों पे क्या गुज़री?
कहो दैरो-हरमवालो[3]! ये तुमने क्या फ़ुसूं[4] फेंका?
ख़ुदा के घर पे क्या बीती सनमख़ानों[5] पे क्या गुज़री?
निशाने-बर्गो-गुल[6] तक भी नज़र आता नहीं हमको।
समझ में कुछ नहीं आता गुलिस्तानों पे क्या गुज़री?
जहां नूरे-सहर[7] के भी क़दम जमने न पाते थे।
बताए कौन आख़िर उन शबिस्तानों[8] पे क्या गुज़री?

---

1. बुद्धिमानों 2. शम्मअ़ के मिलाप (स्वतन्त्रता) 3. काबे और बुतख़ानेवालो 4. जादू 5. बुतख़ानों (मन्दिरों) 6. फूल और पत्त तक का निशान 7. ऊषा का प्रकाश 8. शयनगृहों।

वो रंगो-नूर से भरपूर बसतानों[1] पे क़्या बीती?
शबाबे-शेर से मामूर[2] काशानों पे क्या गुज़री?
अभी तो चश्मे-इबरत वक़्त की रफ़्तार देखेगी।
अभी यह किस तरह कह दें सितमरानों पे क्या गुज़री?
न पूछ 'आज़ाद' अपनों और बेगानों का अफ़साना।
हुआ था क्या ये अपनों को ये बेगानों पे क्या गुज़री?

## ग़ज़ले

हमारे रब्ते-बाहम[3] की कहां तक बात जा पहुंची।
हक़ीक़त[4] से चली थी दास्तां[5] तक बात जा पहुंची॥
उठीं दिल से यक़ीने-बाहमी[6] पर जिसकी बुनियादें।
ताज्जुब है वही आख़िर गुमां तक बात जा पहुंची॥
गुलिस्तां के किसी गोशे पे इक कौंदा-सा लपका था।
मगर आख़िर हमारे आशियां तक बात जा पहुंची॥
रफ़ीक़ो! दोस्तो! दावे मुहब्बत के बजा, लेकिन।
अगर मेरी बदौलत इम्तिहां तक बात जा पहुंची॥
वहीं तक राज़े-सरबस्ता[7] रही जब तक रही दिल में।
ज़रा आई ज़बां तक और कहां तक बात जा पहुंची॥

1. फुलवाड़ियों 2. परिपूर्ण 3. परस्पर सम्बन्ध (प्रेम)4. वास्तविकता 5. कथा-कहानी 6. परस्पर विश्वास 7. गुप्त भेद

शमीमे-गुल[1] ने जिसकी इब्तिदा की थी गुलिस्तां में।
वहां ज़िंदां[2] में जंजीरे-गिरां[3] तक बात जा पहुंची॥
किया था ज़िक्र-सा बेमेहरी-ए-अहबाब[4] का मैंने।
मगर नाक़दरा-ए-हिन्दोस्तां[5] तक बात जा पहुंची॥

◊

जो दिल का राज़ बे-आहो-फ़ुग़ां कहना ही पड़ता है।
तो फिर अपने क़फ़स को आशियां कहना ही पड़ता है॥
तुझे ऐ तायरे - शाख़े - नशेमन[6]! क्या ख़बर इसकी?
कभी सय्याद को भी बाग़बां कहना ही पड़ता है॥
ये दुनिया है यहां हर काम चलता है सलीक़े से।
यहां पत्थर को भी लाले-गिरां[7] कहना ही पड़ता है॥
ब-फ़ैज़-मसलहत[8] ऐसा भी होता है ज़माने में।
कि रहज़न[9] को अमीरे-कारवां[10] कहना ही पड़ता है॥
ज़बानों पर दिलों की बात जब हम ला नहीं सकते।
जफा को फिर वफ़ा की दास्तां कहना ही पड़ता है॥
न पूछो क्या गुज़रती है दिले-खुद्दार पर अक्सर।
किसी बेमेहर[11] को जब मेहरबां कहना ही पड़ता है॥

◊

1. फूल की महक 2. कारागार 3. बोझल जंज़ीर 4. मित्रों की बेरुखी 5. भारत का निरादर करने तक 6. घोंसले, की टहनी पर बैठनेवाले पक्षी 7. बहुमूल्य हीरा 8. समय की मांग के अनुसार 9. डाकू 10. क़ाफ़िले का पथ-प्रदर्शक 11. निर्दय

ग़मे-दौरां[1] ग़मे-जानां[2] का बदल है कि नहीं
इसमें भी ताबो-तबे-सोज़े-अज़ल[3] है कि नहीं
महफ़िले-शे'र में कल तक जो रही है ममनूअ़[4]
आज उस तल्ख़-कलामी का[5] महल[6] है कि नहीं
जो हुद्दे - ग़मे - जानां से परे जा न सके।
आज उस ज़हन में ऐ दोस्त! ख़लल है कि नहीं
इल्मे- अफ़कार[7] ज़माने में बड़ा इल्म सही
इल्म हर दौर में मुहताजे- अमल[10] है कि नहीं
जिसने इस दौर में मजबूर का ख़ूं गर्माया
वो हुनर-मस्ला-ए-दहर[11] का हल है कि नहीं
उड़ सके अ़र्श पे[12] जो, ख़ाक में जो चल न सके।
आज उस फ़िक्र में तक़्सीरो-कसल[13] है कि नहीं
मौत और उसके अवाक़िब से[14] डराने वाले
मौत की तरह ग़मे-ज़ीस्त अटल है कि नहीं
जिसको तू ज़हर समझता है अदब[15] के हक़ में
वो मेरे शे'र में तिरयाक़ो - असल[16] है कि नहीं
ऐ ग़ज़ल को ग़मे - महबूब समझने वाले
ये जो अब मैंने सुनाई है ग़ज़ल है कि नहीं

◊

1. सांसारिक ग़म 2. प्रेयसी का ग़म 3. अनादिकालीन तपन 4. वर्जित 5. कट भाषण का 6. अवसर 7. प्रेयसी के ग़म की सीमा से 8. गड़बड़ 9. रचना की कला 10. कर्म पर आश्रित 11. संसार की समस्या का 12. आकाश पर 13. दोष तथा शिथिलता 14. परिणाम या प्रतिफल से 15. साहित्य 16. विषनाशक मधु

## रुबाई

अब किसकी थी उस वक़्त ख़ता, याद नहीं।
किस तरह से हम हुए जुदा, याद नहीं।
है याद वो गुफ्तगू की तल्खी लेकिन।
आज़ाद! वो गुफ़्तगू थी क्या, याद नहीं॥

## फुटकर शेर

कहीं मज़ाके-नज़र[1] को क़रार[2] मिल न सका।
कभी चमन से भी कहकशां[3] से गुज़रा हूँ॥
तेरे क़रीब से गुज़रा हूं इस तरह कि मुझे।
ख़बर भी हो न सकी मैं कहां से गुज़रा हूं!

◊

क्या जानिए 'आज़ाद'! मेरा इश्क़-जुनूं-ख़ेज़[4]।
जीने का सहारा है कि मरने का बहाना?

◊

तेरे वस्ल में कहां था ये सरूरे-तश्नाकामी।
मेरे काम आई आख़िर, मेरी आरज़ू की ख़ामी॥

◊

बज़्मे-ख़िरद[5] में क़द्रे-जुनूं[6] का सवाल क्या?
हम आ गए थे चाके-गरेबां सिए हुए॥

---

1. नज़र की रुचि (स्वाद, रस) 2. चैन 3. आकाशगंगा 4. उन्मादोत्पादक 5. बुद्धिजीवियों की सभा 6. उन्माद के मूल्यों

# 'मजरूह' सुल्तानपुरी

*अब ख़ुल के कहूंगा हर ग़मे-दिल 'मजरूह' नहीं वो वक़्त कि*
*जब अश्कों में सुनाना था मुझको आहों में ग़ज़लख़्वां होना था*

# परिचय

'मजरूह' की शायरी में ग़ज़ल के बांकेपन के साथ-साथ ग़ज़ल का सुन्दर स्वरूप भी मौजूद है और चूंकि उसके उलझे हुए राजनीतिक बोध ने सामाजिक विकास और गति के नियमों को समझ लिया है। इसलिए वह सौन्दर्य का चित्र प्रस्तुत कर रहा हो या प्रेम का दुख-दर्द, राजनीतिक समस्याओं का उल्लेख कर रहा हो या समाज की गति का चित्रण, हमें उसके यहां हर जगह यथार्थवाद की झलक मिलती है; और जब वह कहता है कि :

बचा लिया मुझे तूफ़ां की मौज ने वरना।
किनारे वाले सफ़ीना[1] मेरा डबो देते॥

आधुनिक उर्दू ग़ज़ल का यह क्रांतिवादी शायर, जो अपने साधारण जीवन में बड़ा सौंदर्यप्रेमी है, कभी भी बात नहीं करता, कभी भद्दे वस्त्र नहीं पहनता, भद्दा खाना नहीं खाता, भद्दे मकान में नहीं रहता, भद्दी पुस्तके नहीं रखता और इसीलिए बहुत कम भद्दे शेर कहता है, जिला आजमगढ़ के एक कस्बे निज़ामाबाद में पैदा हुआ और हकीम बनते-बनते संयोग से शायर बन गया। उसकी जीवनी उसकी अपनी ज़बान से सुनिएः

"मैं एक पुलिस-कांस्टेबल का बेटा हूं, जो मुलाज़मत के दौरान में आज़मगढ़, यू० पी० में रहे और वहीं क़स्बा निज़ामाबाद में 1929 मेंरी पैदाइश हुई और मैंने अपनी इब्तिदाई तालीम (उर्दू, फ़ारसी, अरबी) वहीं हासिल की। 1930 में मैं आज़मगढ़ से क़स्बा टांडा ज़िला फैज़ाबाद आया और वहां अ़रबी दर्स निज़ामिया की तकमील (पूर्ति) करनी चाही लेकिन कर नहीं सका और इलाहाबाद यूनिवर्सिटी के अरबी इम्तिहानों 'मौलवी', 'अ़ालम', 'फ़ाज़ल' की फ़िक्र की कि इस ज़रिये से किसी स्कूल में टीचरी मिल सकेगी। लेकिन 'अ़ालम' तक पढ़कर उसे भी छोड़ दिया

1. नाव

और तिब (औषध-ज्ञान) की तकमील के लिए लखनऊ आया और यहां अरबी ज़बान में तिब की तकमील की। यह ज़माना 1938 का है। चन्द महीने तक मतब (औषधालय) किया लेकिन चूंकि सुलतानपुर में कुछ शेरो-अदब का भी चर्चा था इसलिए मुझे भी शेर कहने का शौक पैदा हुआ। 1941 में 'जिगर' मुरादाबादी ने मुझे एक मुशायरे में सुना और अपने साथ लेकर कई मुशायरों में गए। इस दौरान में उन्होंने मुझे दो बातें बताईं। एक तो यह कि जैसे आदमी होंगे वैसे शायर होंगे; दूसरी यह कि अगर किसीका कोई अच्छा शेर सुनो तो कभी नकल न करो, बल्कि जो गुजरे (आत्मानुभव हो) वही कहो। बाक़ायदा इसलाह (संशोधन) मैंने किसीसे नहीं ली। बिलकुल शुरू की दो ग़ज़लों पर 'आसी' साहब मरहूम से इसलाह ली थी लेकिन वे ग़ज़लें मेरे हाफ़िज़े (मस्तिष्क) में बिलकुल नहीं है। 1945 में एक मुशायरे के सिलसिले में बम्बई आया और यहीं फ़िल्मों के गीत वगैरा लिखने लगा और अब तक यहीं हूं। 1947 से प्रगतिशील लेखक-संघ से वाबस्ता हूं और रोज़-बरोज़ (अगरचे फुर्सत कम मिलती है) इसी कोशिश में हूं कि ग़ज़ल के पसमंज़र (पृष्ठभूमि) में मार्कसिज़्म को रखकर समाजी, सियासी और इश्क़िया शायरी कर सकूं। चुनांचे कुछ लोग कहते हैं कि मैं अच्छा शायर हूं और कुछ कहते हैं कि अच्छा आदमी हूं। तुम मुझे दोनों एतबार से जानते हो, जो चाहो फ़ैसला कर लो।"

इस सम्बोधन का 'तुम' चूंकि 'मैं' हूं इसलिए मेरा फैसला यह है कि 'मजरूह' आदमी भी बहुत अच्छा है और शायर भी बड़ा अतिभाशाली।

# ग़ज़लें और शेर

बहाने और भी होते जो ज़िन्दगी के लिए।
हम एक बार तेरी आरज़ू भी खो देते॥
कहां वो शब कि तेरे गेसुओं के साये में।
ख़याले-सुबह से फिर आस्तीं भिगो लेते॥
बचा लिया मुझे तूफ़ां की मौज ने वरना।
किनारे वाले सफ़ीना[1] मेरा डबो देते॥
ये रुके-रुके-से आंसू ये घुटी-घुटी-सी आहें।
यूं ही कब तलक ख़ुदाया ग़मे-ज़िन्दगी निबाहें?
कहीं ज़ुल्मतों[2] में घिरकर है तलाशे-दस्ते-रहबर[3]।
कहीं जगमगा उठी हैं मेरे नक़्शे-पा[4] से राहें।
तेरे ख़ानमां-ख़राबों[5] का चमन कोई, न सहारा॥
ये जहां भी बैठ जाएं वहीं इनकी बारगाहें[6]॥
कभी जादा-ए-तलब[7] से जो फिरा हूँ दिल-शिकस्ता।
तेरी आरज़ू ने हंसकर वहीं डाल दी हैं बाहें॥

◊

तेरी चश्मे-शोख़ को क्या हुआ नहीं होती आज हरीफ़े-दिल[8]।
मेरी ज़ोमे-इश्क़[9] की ख़ैर हो ये किसे नज़र से गिरा दिया॥

---

1. नौका 2. अंधेरे 3. पथ-प्रदर्शक के हाथों की तलाश 4. पदचिह्नों 5. जिनका घर तूने बर्बाद कर रखा है। 6. दरबार, कचहरी 7, प्रेममार्ग 8. दिल की शत्रु 6. इश्क़ का घमंड

शबे-इन्तज़ार की कश्मकश में न पूछ कैसे सहर हुई।
कभी इक चिराग़ जला दिया कभी इक चिराग़ बुझा दिया।

◊

किस-किसको हाय तेरे तग़ाफ़ुल[1] का दूं जवाब।
अक्सर तो रह गया हूं झुकाकर नज़र को मैं॥
अल्लाह रे वो आलमे-रुख़सत कि देर तक।
तकता रहा हूं यूं ही तेरी रहगुज़र को मैं॥

◊

मोहतसिब! साक़ी की चश्मे-नीम-वा[2] को क्या करूं।
मैकदे का दर खुला गर्दिश में जाम आ ही गया॥
इक सितमगर तू कि वजहे-सद-ख़राबी[3] तेरा दर्द।
इक बला-कश[4] मैं कि तेरा दर्द काम आ ही गया॥
हमक़फ़स! सय्याद की रस्मे-ज़बां-बंदी की ख़ैर।
बेज़बानों को भी अन्दाज़े-कलाम[5] आ ही गया॥
क्यों कहूंगा मैं किसीसे तेरे ग़म की दास्तां।
और अगर ऐ दोस्त लब पर तेरा नाम आ ही गया!

◊

मुझे सहल हो गईं मंज़िलें वो हवा के रुख़ भी बदल गए।
तेरा हाथ हाथ में आ गया कि चिराग़ राह में जल गए॥
वो लजाए मेरे सवाल पर कि उठा सके न झुका के सर।
उड़ी ज़ुल्फ़चेहरे पे इस तरह कि शबों के राज़[6] मचल गए।

---

1. बेरुखी 2. अधखुली आंख 3. सैकड़ों ख़राबियों का कारण 4. बेतहाशा पीनेवाला 5 बोलने का ढंग 6. रातों के भेद

वही बात जो न वो कर सके शेरो-नग़मे में आ गई।
वह लब न मैं जिन्हें छू सका क़दहे-शराब[1] में ढल गए॥
उन्हें कब के रास भी आ चुके तेरी बज़्मे-नाज़ के हादसे।
अब उठे कि तेरी नज़र फिरे जो गिरे थे गिर के संभल गए॥
मेरे काम आ गईं आख़िरश यही काविशें यही गरदिशें।
बढ़ीं इस क़दर मेरी मंज़िलें कि क़दम के ख़ार निकल गए॥

◊

आहे-ज़ांसोज[2] की महरूमी-ए-तासीर[3] न देख।
हो ही जाएगी कोई जीने की तदबीर[3] न देख ॥
हादसे और भी ग़ुज़रे उल्फ़त के सिवा।
हां! मुझे देख मुझे अब मेरी तस्वीर न देख ॥
ये ज़रा दूर पे मंज़िल ये उजाला ये सुकू।
ख़्वाब को देख अभी ख़्वाब की ताबीर न देख ॥
देख ज़िदां से परे रंगे-चमन, जोशे-बहार।
रक़्स करना है तो फिर पांव की जंजीर न देख॥
कुछ भी हो फिर भी दुखे दिल की सदा हूं नादा।
मेरी बातों को समझ तलख़ी-ए-तक़रीर[4] न देख॥
वही 'मजरूह' वही शायरे-वारा-मिज़ाज।
कौन उट्ठा है तेरी बज़्म से दिलगीर न देख॥

◊

---

1. शराब के प्याले 2. जान तक को जला देनेवाली आहे 3. प्रभावहीनता 4. कटु स्वर

न मिट सकेंगी तनहाइयां मगर ऐ दोस्त!
जो तू भी हो तो तबीयत ज़रा बहल जाए॥

◊

सुनते हैं कि कांटे से गुल तक हैं राह में लाखों वीराने।
कहता है मगर ये अज़्मे-जुनूं सहारा से गुलिस्तां दूर नहीं॥

◊

अलग बैठे थे फिर भी आंख साक़ी की पड़ी हमपर।
अगर है तिश्नगी[1] कामिल[2] तो पैमाने भी आएंगे॥
हम तो पा-ए-जानां[3] पर कर भी आए इक सजदा।
सोचती रही दुनिया कुफ्र है कि ईमां[4] है?

◊

सवाल उनका जवाब उनका सुकूत[5] उनका ख़िताब[6] उनका।
हम उनकी अंजुमन में सर न करते ख़म तो क्या करते?

◊

मैं अकेला ही चला था जानिबे-मंज़िल मगर।
लोग साथ आते गए और कारवां बनता गया॥
मैं तो जब मानूं कि भर दे साग़रे-हर-ख़ासो-आम।
यूं तो जो आया वही पीरे-मुग़ां[7] बनता गया।

---

1. प्यासी (कामना) 2. पूर्ण 3. महबूब के पैरों 4. ईमान 5.चुप्पी 6. सम्बोधन 7. शराब देनेवाला बुज़ुर्ग साक़ी

जिस तरफ़ भी चल पड़े हम आबला-पायाने-शौक़[1]।
ख़ार से गुल और गुल से गुलिस्तां बनता गया।
शरहे-ग़म[2] तो मुख़्तसर होती गई उसके हुज़ूर।
लफ़्ज़ जो मुंह से न निकला दास्तां बनता गया।

◊

ज़स्त करता हूं तो लड़ जाती है मंज़िल से नज़र।
हाइले-राह कोई और भी दीवार सही॥
ज़िन्दगी की क़द्र सीखी शुक्रिया तेग़े-सितम।
हां हमीं थे कल तलक जीने से उकताए हुए॥
सैरे-साहिल कर चुके ऐ मौजे-साहिल सर न मार।
तुझसे क्या बहलेंगे तूफ़ानों के बहलाए हुए॥

◊

मेरे होंटों पे तड़पते हैं। अभी तक शिकवे।
जाने उसकी वही नीची नज़र है कि नहीं?
दिल से मिलती है इक राह कहीं से आकर।
सोचता हूं ये तेरी राहगुज़र है कि नहीं?

◊

दुआ देती हैं राहें आज तक मुझ अबला-पा को।
मेरे क़दमों की गुलज़ारी बियाबां से चमन तक है॥

◊◊◊

---

1. जिज्ञासा (प्रेम) के मार्ग पर चलनेवाला ऐसा राही जिसके पांव में छाले पड़ गए हों। 2. ग़म की व्याख्या 3. छलांग लगाता हूं। 4. ज़ुल्म ढानेवाली तलवार